琴剑诗系·全国公安实力派诗人丛书

邓醒群

诗选

全国公安文联／选编

群众出版社

·北京·

图书在版编目（CIP）数据

邓醒群诗选 / 全国公安文联编．—北京：群众出版社，2016.10

（琴剑诗系·全国公安实力派诗人丛书）

ISBN 978-7-5014-5585-0

Ⅰ.①邓…　Ⅱ.①全…　Ⅲ.①诗集—中国—当代　Ⅳ.①I227

中国版本图书馆CIP数据核字（2016）第237005号

邓醒群诗选

全国公安文联　选编

出版发行：群众出版社

地　　址：北京市丰台区方庄芳星园三区15号楼

邮政编码：100078

经　　销：新华书店

印　　刷：北京普瑞德印刷厂

版　　次：2016年11月第1版

印　　次：2016年11月第1次

印　　张：7.125

开　　本：880毫米×1230毫米　1/32

字　　数：177千字

书　　号：ISBN 978-7-5014-5585-0

定　　价：29.00元

网　　址：www.qzcbs.com

电子邮箱：qzcbs@sohu.com

营销中心电话：010-83903254

读者服务部电话（门市）：010-83903257

警官读者俱乐部电话（网购、邮购）：010-83903253

文艺分社电话：010-83903973

目 录

第二部分　四季如歌

总序

公安战士的文化风范与盎然诗情

梁鸿鹰

警察有警察的风范，战士有战士的情怀，他们的文化追求，他们的精神世界，值得嘉许和褒扬。托尔斯泰曾经说过，人类被赋予了一项重要工作，那就是精神的成长。而在人精神成长、内心世界丰富的进程中，诗歌往往可以发挥至为重要的作用。有诗情、会写诗的人，他们更会生活，更有工作的激情和爱的能力。放眼全国公安队伍，杨锦、侯马、田湘、胡丘陵等一大批用自己的业余时间在文学世界里驰骋的人，就是有精神追求、有文化情怀的人，他们有作为人民卫士的博大胸襟。同样，他们以诗人永不衰竭的歌喉，歌唱理想、呼唤美好、维护正义，体现出的独特诗情，体现着当代文学的独有风范。

事实上，在我们这个诗的国度里，诗言志，同时诗向来润物细无声。在当代公安文化的建设中，诗歌起到的作用向来十分突出，奋起、担当与参与，使之成为文化的轻骑兵，鼓舞干劲、激扬斗志、暖人心怀。战士有战士的情怀，属于国家；公安人有公安人的诗情，源于责任。因此，当海地维和武警兄弟遇难的时候，诗人、散文家杨锦用发自内心的诗章接战士们的遗体回家，他感叹“大地在颤抖中将海地揉碎，当加勒比海不再湛蓝，哭泣的太子港撕裂为世界最终的伤口。当蓝色贝雷帽被黑暗压埋，心的碎片像瓦砾般散落，无法捡拾”。而当高原舟曲灾难袭来的时候，杨锦写下《格桑花在守望》，“啊，圣洁的高原之花，在风雨中挺立，不放弃绽放，让希望在高原上盛开”。正是这样的诗情，将大爱播撒，将大义传扬。诗人贾卫国与他一样，诗句里充满阳刚之气。面对抗战的英烈，他感慨“我听见　从一只手的血管里　传来轰鸣的声音/牙齿咬碎了　一粒粒子弹在枪膛里屏住呼吸/今天　当我无意中目睹了这座骨头铸就的壁垒/必须提醒我的孩子　这是大地深处从未停息的冲锋”。而在森林公安诗人孙敬伟看来，祖国永远是诗人情怀中最神圣的所在，他想象的世界，永远把祖国置于至高无上的位置，他说“祖国，我宁愿一生饱尝委屈和痛苦/也不愿意让你受到任何伤害/我的诗是溢满眼眶的泪水/永远也写不尽你的欢乐与悲哀”，这是他深沉情愫的最直接表达。

擅长以理性的批判和清醒的历史意识穿行于社会、政治、历史和文化的公共空间的胡丘陵，在这部诗集里，将诗的实用性与纯洁性区别开来。注重从记忆深处提取经验，叙述经由畅想达到人情、人文、悲悯、忧伤和正义，透露出当代诗学别开生面的美学趣味：超美学、杂美学，即把诗学从形式主义的牢笼拯救出来，进入生命、生存、生态的广阔界面。

诗无疆界，诗无达诂，拥有诗情的人，就像掌握了进入多彩人生与瑰丽世界的魔棒与钥匙，他们也许不想刻意追求成为世上无谓的、假意幸福的人，但他们希望成为拥有对故乡、对土地怀有炽烈情怀的人。正如邓醒群所说，“因为小草，因为粮食，因为生命/从今天起，我只专注/神圣而永恒的土地”。诗情的可贵往往源自眼光的独特，因拥有看世界的独特视角而使诗情卓然，这是足以让人羡慕的。如同云南的公安战士舒显富（芒原）感受的那样，一种对抗岁月流逝的冲动使他躁动不安，他说“冷是暖的石磨/而诗人却和时间缠斗，在树下厮磨/杀书，磨字，饮鸩止渴”，我喜欢这“杀书”的劲道，我欢呼这“磨字”的决绝，一个诗人，假如失去了进入诗意世界的独特路径，无异于谋杀了诗意。辽宁的公安诗人杨明山那些致力于古体诗歌创作的成果，格外吸引人，在诗坛上，能够贯通古今，修得一种亲切自然之功，那是很不容易的，比如他的《七绝·寄远》：“迢迢漫道望君时，几缕相思暗自知。却尽铅华一樽酒，清茶两盏再谈诗。”诗、酒、茶、友谊，在他这里浑然一体，言简意赅，同样是因为他掌握了通往诗意的密钥。

我们生活在这个世界上，能够以诗的名义，能够把大千世界缩微在那参差不齐的字句中，能够以蓄意的节奏和随意的韵律表达自己对世界的敬意，把对生活的感悟争取到自己的内心，这种难得的情怀，在逐利的时代显得格外优雅。女诗人刘一民的诗，当歌则歌，当哭则哭，但绝不放弃对深邃与优雅的追求，“比起秋天，冬天更疼我/它从梅花的芳香里，剥出/寂静和风暴，送给我/并让它们将我紧紧拥抱”。这些句子，固然属于女性，但更属于有情怀的战士。而在沈国徐看来，诗是触及灵魂的文体，高于语言、处于文字之外，“能借个地方说话吗/青春不在，故人大多远去/时间就像一把毒药”。这些句子，记录的是对往昔的无奈，在我们的灵魂中，永远留着一块地方，是给一去不复返的东西的，在他的眼里，流逝的，更值得记忆，因为可以随时提醒我们，什么才是真正值得珍视的。李尚朝是20世纪90年代成名的诗人，他的诗情来自生活最富于质感的地方，对一个时代的精神状态有着准确的把握。他在其《大雪》一诗里说，“大雪来得正是时候/十个人看见了仆伏的草/一个人看见了站着的树//我在十一月看到一场大雪/像多年前的灰烬漫天飞洒/一个人站着，像多年前的一团火/雪花硕大，他一语不发”，让人看到精神萎靡的人群里那些人格独立的时代形象。而徐国志永远把最本真、最质朴的诗情送给乡间让他温暖的一切，“时至今日　乡间让我温暖/让我俯瞰一片谷穗的碰撞/秋风在谷底　在河滩　牵出/一条溪水　细细的溪水/试图拉起身后的/大山　让我们沿着河滩/贴近谷底　融入溪水的山涧/追溯秋风的底细　回到土地/深处　回到一棵谷穗的饱满”。这种“饱满”是热爱之后的欣赏，浸透了对燕山草木的深情。孙学军的诗歌文本是他内心的呈现与关照，是他自我灵魂的拯救。他的诗歌文本单纯古朴、秀润纤细、凝重酣畅，是他精神思维的再凸显，更多的时候他关注低处的生存现状，并在山河万物、一草一木、锅碗瓢盆以及琐碎的生活物象里参展，扩及自己的精神维度。他的诗既有深度意象的东西，又能通过适当的叙述营造语境，妙在控制力十足。

这些战士有情怀，这些情怀属于当下，连接着过去与未来，属于最美好的精神创造。

是为序。

（作者系《文艺报》总编、著名文学评论家）

序

主流诗歌美学秩序的坚守者

谭五昌

一个人往往有多重社会身份，对一个诗人而言，多重身份意味着其诗歌创作内在的丰富性。雅努斯作为古罗马的保护神，一手拿着开门的钥匙，一手握着警卫的手杖。传说中的雅努斯有两副面孔，一个在前，一个在后；一副看着过去，一副注视未来。而诗人邓醒群也有两副面孔：一面是农民之子，另一面是公安民警。因而，农民之子邓醒群与警察邓醒群就构成了诗人邓醒群的社会文化身份认同，也构成了他诗歌书写的主体性题材与主题方向。坚持主流诗歌美学秩序，就成为邓醒群自觉的美学选择与追求，而“乡土情结”“家园意识”与“公仆精神”就成为了邓醒群诗歌写作的重要主题关键词。下面，先从思想主题层面入手，对邓醒群的诗歌作品予以简要的印象式评述与阐释。

乡土情结

邓醒群诗歌中有大量篇幅表达了诗人的乡土情结。“故乡”与

“土地”是邓醒群诗歌的核心关键词。他的许多诗歌作品带有传统农耕文明的强烈印记，他的乡土情结或者说乡村情结极为浓郁，可以说深入到诗人的骨髓里去了，《村庄，无法割断的脐带》一诗是此方面的典型性文本。

诗中的乡村虽然以荒凉、衰败的面目出现，但诗人的农民之子与乡村之子的情感诉求还是非常真切感人的。而在《春分》《谷雨》《寒露》《霜降》等系列以农令时节命名的诗歌作品中，既表达了一位农民之子对大地和节气的敏感，也表达了一位来自乡村的诗人对日常劳作的乡村生活的审美情怀。这种对乡土生活的审美表达非常鲜明地体现在邓醒群的诗作《土地》里，请看其中的两节：

从今天起，我只关心土地里生长的稻谷
番薯和地豆，还有青菜
……

因为小草，因为粮食，因为生命
从今天起，我只专注
神圣而永恒的土地

诗人关心的是“稻谷”“番薯”“地豆”和“青菜”，让我们不自觉地联想到关心“粮食”和“蔬菜”的诗人海子。海子被誉为中国的最后一位“乡土诗人”，他影响了一代人：他们从乡村到城市，从传统到现代，深切热爱“诗歌”和“土地”，即或身处都市，但仍心向故乡。土地与大地是诗人永远的精神之根。在这个意义上，邓醒群与海子一样，是背负乡村情结与土地意识的诗人，带着这样的情怀与意念，邓醒群写下了诸如《带着故乡去远行》等系列的乡土诗歌。诗人在诗中如此诉说："痛苦也空了，尘埃也空了/带着故乡去远行"。不过，"故乡"在诗人心里并不"贫瘠"，他在诗歌中这样宣称，"我对大山，又多了一份歉意/我的故乡并不贫瘠"（《我的故乡并不贫瘠》）。邓醒群的乡土诗歌以一种乐观的姿态表达他对故土和乡村的热爱，具有一种明亮的情感色调，这是他与许多乡土诗人有所区别的地方。

家园意识

故土既然是诗人邓醒群的"根"和"脐带"，因此诗人对城市而言注定成了"异乡客"。诗人只是一名"荡尽浮尘的游子"。邓醒群在《回家》一诗中饱含赤子之情地坦白：

只有一个念头，顽固地盘旋在脑海
回家，回家，回家
……
荡尽了游子，一身浮尘
融化冰封的大地
温暖一生

诗人以"农民儿子"的身份对"故土"和"家园"有着执着的坚守。故乡之所以值得思念是因为故乡的亲人，有了心灵的归依才有了家园的存在。作为农民儿子的邓醒群，用了大量篇幅刻画了家园中的"父亲"与"母亲"的形象。

他在《父亲的脸》一诗中这样描写父亲，"父亲的脸，昔日的光泽消逝/岁月的碾子，留下深浅不一的沟壑/青春只剩下记忆/风华已被风霜覆盖/一头白发，脸色更苍白/眼神布满沧桑”。这既是老父亲的形象，更是中国传统农民形象的生动缩影。他们满头白发，一脸沟壑，眼神沧桑。他们固守土地，坚守家园。

除了父亲，邓醒群还描写了母亲的形象，“老家的大门没有你依偎而望的目光/也失去昔日的光泽/生日的那天再也吃不到你的红鸡蛋/心里空荡荡”（《致母亲》）。母亲的慈爱透过“红鸡蛋”这个朴素的意象跃然纸上。

诗人在诗作《秋思》中对乡村家园生活进行更为细致的刻画，“想到了父亲的犁和母亲的锄，眼睛模糊。泪光中，父亲负着犁，赶着那头老黄牛，母亲荷锄跟在背后，走向田间，秋色满天，稻香遍地”。

“父亲”“母亲”“黄牛”“稻香”“秋色”“田间”，作品通过这些朴素、温馨的意象与事物，展现了家园生活的美好与动人，这样的田园生活虽非豪华舒适，却令灵魂宁静而幸福。“游子”心中的“家园”绝不是城市，而是农村家乡所在的地方。对于具有乡土情结的诗人邓醒群来说，他的出生地农村故乡绝不仅仅是家谱意义上的故乡，而是一个精神的家园，一个灵魂的栖居地。他在《风起的时候》一诗中对这一主题意向表达得异常鲜明而生动，试看其中几个诗节：

风起的时候，我在哪
在异乡街头，雾霾尽散，眼神依然浑浊

风起的时候，我在哪
在寻寻觅觅，诗意的生活在心中

风起的时候，我在哪
在地里，泥土中，祖先骨头闪耀着蓝色的光芒

风起的时候，我在哪
在秋色中，踩着枫叶铺满的路向远方

风起的时候，我在哪
在夕阳下，携梦归。我的故乡，枕着你的名字入眠

在作品中，我们可以强烈感受到诗人对故乡的精神依恋，但这里的故乡已经超越了物。邓醒群是农民之子，但他更是一名公安干警。面对沉重而光荣的社会责任，面对生死意义上的乡村故乡概念，而上升到精神故乡的意义层面，表达了诗人追求心灵归依与灵魂幸福的家园意识，令人无限向往。

公仆精神

考验，他在感性之余多了铁血豪情。于是作为诗人的邓醒群在乡土诗的质朴、深沉风格之外，又有了审美风格的另一侧面：其诗"笔力甚峭"，铁骨铮铮，饱含慷慨激昂之志而又至情至性，以崇高、豪放、悲壮的美学面貌出现于读者面前。

《守护生命线》是一篇带有战地报道色彩的短诗。诗人用紧促的笔调和节奏写出了形势的严峻，事态的紧急与危机，"疯狂地撕开两百年前的封印/魔鬼张牙舞爪，倾巢而出/山崩，地裂，洪水肆虐"。词语如密集的鼓声展现了分秒必争的救援态势。在诗行的末尾，诗人

写道，“血肉与灵魂在这里得到洗礼/你，坚守着，风雨过后，又晴天/警徽绽放着生命的光辉”。整首诗歌突出表现了在社会危急事态发生之时交警的担当精神和责任意识。

在诗作《送别》中，诗人歌颂了与毒枭浴血奋战因公殉职的同事，“你用血肉之躯铸就共和国的丰碑/你的名字，让毒枭胆怯，罪恶退缩/你的血性，光驻斗牛/守护着天穹下苍生”，全诗慷慨悲壮，充满铁血精神气质。由此可见，邓醒群有着自觉的“警察意识”或“人民公仆”的身份认同。《又是一年春节至》是此方面的代表性作品，该诗的副标题是“致交通警察”。

对警察生活的如实叙述，平凡、艰辛中又透出对这个职业的骄傲感，这凸显了邓醒群身上的公仆意识或公仆精神，诗人曾创作过一首诗，名为《有一种精神》，副标题是“致雷锋”，我认为雷锋精神就是公仆精神的最好写照。在现实生活中，邓醒群自觉地和战友们一道，为维护社会稳定和人民群众利益，不怕吃苦，不怕艰辛，他们无私奉献，甚至勇敢牺牲，令人崇敬。《“6·26”想到》、《致“猎狐”战斗中的战友》等充满公仆精神的一系列作品的问世，令邓醒群“警察诗人”的形象分外夺目。这些诗歌作品充满了主旋律色彩，基调豪放乐观、昂扬向上，表达了对光明事物的积极颂赞态度，给大众读者带来了正能量。

此外，邓醒群还写了不少爱国主义题材的诗篇，诗人把慷慨激昂的英雄形象刻画得淋漓尽致，洋溢着强烈的民族意识和爱国精神，充分彰显出邓醒群诗歌的主旋律色彩。

（作者系北京师范大学中国当代新诗研究中心主任、国际汉语诗歌协会秘书长）

第一部分　岁月忧思

致一位行善者

冷言，没有改变你的初衷
恶语，没有阻止你的行动
毁誉，没有动摇你的信念

你说，诅咒是诅咒者无知
你说，谩骂是谩骂者空虚
你说，突破樊篱最好的办法不是刀砍火烧
恶恶相向，只会让荆棘疯狂地生长

你说，良心在，血就沸腾
你说，不是所有的罪恶都是与生俱来的
洗净它，需要一颗温润的心
融化坚冰。花，就会迎风绽放

你说，你的天空永远没有狂风暴雨
是的，你从来不打伞，更不设防
你说，你从不会在意他人的眼神
是的，你的眼睛始终饱含热泪

你的微笑，在风尘疾卷的天空下
是这样优雅。你的脚步从满地泥沙走过
纤尘不染。想向你致敬
我的动作总是不标准

致远方

我的目光，始终无法触及
一寸之外的景色，一如鼠目
无法看清视线外的东西
胸无城府，生活也就坦坦荡荡

远方的意义在于近
读不懂近的含义，眼睛看不清自己
注定我是愚钝的人
就似我在今生成不了水手一样

禅的隐喻，向生而死
向死而生
我守着诺言，在雨中等候着

看不清千里之外的风物
智慧在脚下流淌
不用问天，众人皆醒我独醉时
生命不过如此，夕阳为我加冕

当时光唱响挽歌
夜鹰凄厉的声音，为我
也为你送行
风，飘向近处远方

终结者

天空打开一扇窗，太阳微笑着
看见春天走来，也看到夏天的降临
梦想拥有的一切都在旅途上终结

时光穿墙而过，目光与星星对峙
隔岸是银河，浅浅的
却无法越过，谁理解牛郎与织女的情绪

固执地守着这高地，冰河毫不犹豫地解冻
洪水泛滥，冲刷着远古留下的岩层
岩石一块块脱落，抵御不住疯狂的诱惑

天使手持桃花逃走，苹果注定是苦涩的
一生有多长，诗也无法给出答案
肆虐者始终以为自己可以随心所欲

走过

想着，那些走过的日子，记忆多余
如果再给我选择，不是我想要做的事
过去的生活不能重来。谜底无须去揭开
穷一生，守住一个秘密
枕着梦入眠，不至于辗转反侧

我想唱一支山歌，却怎么唱也唱不出前辈的韵味
走一条路与唱一支歌，形式不同
往往有着相同的际遇。走入与走出
我努力想参透，淡茶，浊酒的
禅与道

打开窗，风尘总在不经意间袭来
载不动时光的辎重。我想借神的名义
轻轻地穿过山光水色荷花香的领地
翻开那页我不应该读的书
烈日似火，风如刀
念念俱无

夜读《毳庐诗草三编》

故土魂牵，情何堪
神江河畔，故人翘首数归期
归期已无期，梦断天涯
纵有万千心语
书与纸间寄鸿雁，指间流过
字字珠玑，句句真情
遥望岭南，空伤怀
宦游路上，十八载春秋
壮怀激烈，励精图治
步步艰辛，处处伟绩
莫言书生情怀，男儿当报国
启民智，边固民富
敢担当，三代同赴难
悲壮与谁同
血染天山沃胡杨
丹心昭日月
胡笳声声颂冰壶

一滴水

一匹马走过，天空那么低
白杨树挺立，却无法触及天空
苍鹰俯身，风吹草劲
草原无边，天始终挂在高坡的那头
星光瘦弱，草原上的舞就这样跳了几千年
没有诅咒，赞美也是多余的
生命纤纤，离不开
一滴水

一千零一夜

一匹马穿过狭缝
追缉着盗火者
巫师的咒语失效
切不断盗火者的去路
风零碎，时光仓促
诵经者声音沙哑，故事全无新意
围火取暖，驱不散寒夜的奇冷
习惯了黑暗，光明再迟些来也无所谓

那匹马永远追不上盗火者
巫师祭不起法宝，天穹下
一双双智慧的眼睛，放射着淫荡的光芒
喜欢戴着脚镣跳舞，就钟爱戴着面具唱歌
夜半的歌声开启另一扇门
神与魔谈判，善与恶博弈
都在寻找理由，试图推翻对方的方案
方舟驶过，大地洪水泛滥

椅子

始终用不变的姿势
含情脉脉，凝视时光
不言也不语，风华老去
岁月沧桑，物是人非
不管谁坐着，与椅子无关
姿势不变，谁离去
与椅子无关，冷暖心知
别道人情如纸，走倦了
在椅子上坐片刻，无须说人生苦短
匆匆的脚步，是今生无心的错
都是过客，不是归人
一杯茶，一壶酒，一卷书
夕阳中，椅子静静地等待夜的来临
谁能感悟春秋，为霞满天
椅子，从不计较年龄
死亡还可怕吗

有些事，为何总是无法释怀

千里之外，目光之内
有些事，为何总是无法释怀
牵挂成为常态，固执就是一种病
当爱不能放手时
就把一千次的放纵说成是无心之错

火焰烧天，大雨倾盆
熄灭的是火的表面
闪电更加激烈
当爱不能穿越时
就把诺言当作谎言

破茧成蝶，秋风横
在同一季节里，南方与北方明显有别
寻觅缓冲的地带，叶落满地
当爱不能牵手时
就把地域作为樊篱

有些事，为何总是无法释怀
走不出魔咒的阴影
你不来，我也不往
当爱不能再续时
就把心中的蜡烛点亮

有一种精神

——致雷锋

有一种精神，有一种力量
不因时间而改变，岁月风云而淹没
愈来愈厚重，主宰着人的灵魂

有一种精神，有一抹光辉
如春风，如细雨，如煦阳
寒冬给予温暖，酷暑予以清凉

有一种精神，有一根标杆
屹立世间而不腐
为行者导航，黑暗中点亮光明

有一种精神，有一样道德
国之基，民之根
无国界之别，肤色之分

有一种精神，有一面旗帜

飘扬着真情与奉献
良知飞舞，仇恨泯灭

有一种精神，有一股清泉
无声，润物
沙漠成绿洲，枯木发新枝

有一种精神，有一颗种子
沃土或瘠地，一样开花结果
香沁人，果累累

有一种精神，有一方大爱
绽放人性的光辉
十八双冷漠的眼光不再

有一种精神，有一种魅力
感人肺腑，教化无边
让邪返正，恶从善

于无声处

等待一场雨，我是用这样的姿势
没有带任何雨具。风已经从远处吹来雨的味道
疾卷的云，翻滚着，张开着深不见底的嘴
把整个大地吞没是迟早的事

不知什么时候，我的身影在雨中模糊
该来的都已经来了
只是不见雷鸣与闪电

雨中，分辨不清方向，熟悉的道路变得陌生
从来没有恐惧感的我，在这个时候也不应该胆怯
确实，这一场雨，淋湿不仅仅是我的身体

所有的植物都贪婪地吸着雨水
疯狂的样子使这个世界变得诡异

快点走过雨的领地

回首，来时路雨不停

举目，前路也无晴

找个地方歇歇脚

于无声处

与我无关

停一下吧，无形的脚步
匆匆而过的时光，没有带来什么
也没有留下痕迹。记忆空空
无论在南方还是北方

天圆地方，植物的生长也不容易
火在燃烧，把绿色烤成金黄。立冬至
流动的风，越过时空的纬度
向远去的日子致敬

这个时节，如果在地坛举行一场祭祀
为坠地而亡的叶子祭奠
比做任何事都有意义
它的遗体比死后的人更容易被土地接受
尽管这些与我无关

灰色的天空不应成北方的代词
伤感也不要在旅人的眼中流露

尽管这些与我无关。但在树叶横陈的草地上
一个坐在轮椅上的人，浮现在我眼前
阳光中，他在与天空对话
目光倾城

301 之夜

灯下独酌，一只蚊总是在酒杯边沿来回
要探究杯中的奥秘，蚊子永远做不到

无法预知明天的事情，就如你
一直在光明里给我黑暗

选择一开始就是错误的
漫无目的追寻，真相的原野杂草丛生

录像机的出现，满足了偷窥者的欲望
否定事物的关联，天使也被说成魔王

能否给春天留点空间，也给绝望者一丁点的幻想
信守诺言的悲哀，是不知自己是怎样成为刀下鬼

黑夜中，魔鬼在唱歌
它在为捏碎一颗善良的头颅而狂欢
戴着脚镣跳舞，我宁愿这样挫骨扬灰

也不乞求魔鬼的一米阳光

301 之夜，酒杯空空，灯光空空
窗外，一纸判决尽吹荒唐的风

606 的灯光

606，鲁迅文学院的一个房间
我有幸入住之前
不少的前辈在此阅读，思索
文字在他们笔下流畅，飞扬

2014 年 9 月 9 日的黄昏
追梦的我，轻轻地叩开这扇门
书香弥漫

606，灯光柔和
窗外星光点点，叶子亦歌亦舞
一页书的展开，李白对月当歌
杜甫漫卷诗书，从巫峡走向洛阳
琵琶声中，谁长恨未了
二十四桥的风还在吹

月落荷塘。子夜，点亮那盏灯
呐喊声响起，岁月的长河

总有雷雨交加。家国春秋，文字芬芳
维天系地，一往情深，血肉相连
在变幻的时光中，生死不离

606，别样的灯，别样的光
我为你歌，为你唱
曾经有一粒微不足道的尘埃
为圆梦，在你的怀抱短暂停留

安静

在安静的世界中看另外一个安静的世界
闭住呼吸，不让鼻子发出呼喊
我想，安静的世界是简单得不能再简单

目光，读过一行行墨迹犹香的文字
作书人把情绪描绘得如此细腻
消灭掉不该有的思想，保持一致的痴狂

落日在挥手间把白天消磨殆尽
我期待在安静的火炉中永生
却发现淡茶的味道与烈酒不在一个层次

感叹号的惊奇，打破了本来安静的事物
贸然的行为初显荒谬
事情过后又觉存在的合理，最后还成为定律

在灯光柔软的夜晚，幻想与书中的古人对话
孔子，庄子，或管子，儒家，道家，或法家
安静中，那本泛黄的书轻轻地呻吟着

傍晚

太阳决定取消行程
最先知道消息的是山顶上的风

村口的狗，穿过那片即将收割的稻田
主人在召唤，随着一声凄厉的叫声结束
明天，它再也不会在村口出现

没有救赎，没有忏悔
只有那盏灯，在风中摇摇晃晃
另一条狗，趴在桌子上啃着骨头

不是这样

如果，地球毁灭
权力，能拯救吗
太阳西沉东升
权力，能改变么
生活苦与乐
心态决定一切

相信神是万能的
当洪水把神的栖身地淹没
神真的是逢凶化吉么
同样，金钱有善，更是万恶
却不论神鬼都喜欢它
要不怎么会有钱能使磨推鬼
不要以为将弱者踩在脚下
你就是胜者
弱者，也有坚强的一面
当有权有势时，不要随心所欲
当得意时，不要目空一切

给人一个微笑，也是伟大的善举

相信风水能一世万系
又有多少帝王贵族在历史长河中消亡
敬凛三畏，日有三省
安贫心知足，乐道福自临
抱着好人有好报的心理做事
是大错特错，如果有天堂
一样也有地狱
世事，不是那样
也不是这样
与其，在惶恐中过日子
不如，笑看花开花落

村庄，无法割断的脐带

犁，独自躺在墙角叹息
耙，锈迹斑斑
它们再也无力翻动那一寸的土地
连蜘蛛也不光顾了
蓑衣、斗笠，被风吹得千疮百孔
屋子里头，蟋蟀唱着歌，得意非常
一条眼镜蛇在追击着一只老鼠
田里不再怎么生长庄稼
绿油油的草，恢复了往日的野性
树也从山上往地里迁移
汲取着丰富的营养，茁壮成长

夕阳中，水泥路趴在山的肩尖上一动不动
夜幕下的路灯眨着眼睛
从树叶缝中溜出一些光芒
欲明还暗。偶尔传来几声犬吠
与猫头鹰的叫声碰撞着
徒添几许苍凉

老屋总是在不经意间倒下，断墙上壁画光彩照人
炊烟也是这样老去。无法点亮村里一盏灯
村里的老人，身躯依然硬朗
固守陪伴他一生的领地，自由呼吸
等到城里的孙子回来，又迫不及待地重复着
“老虎姐婆”的故事

带着故乡去远行

当我对故乡的大山多了一份歉意时
对小河也一样的态度
从远行的那一刻，行囊装着故乡土
大山在胸膛起伏，小河在血管里流动
带着故乡去远行

大山雄起天穹低，山歌嘹亮，东唱西和
绿叶尽显青山意，一边风雨，一边晴
泉水流金自成溪，半是水声，半是鸟鸣
遥望大山，凝视小河
痛苦也空了，尘埃也空了
带着故乡去远行

远山苍茫，近水音清
水流过，此岸为东，彼岸为西
此岸竹影婆娑，彼岸炊烟缭绕
田园水色，鸟语花香
带着故乡去远行

壮游天下，故土情深，不是桃源胜桃源
老屋大门迎风开，稻香弥漫，土地芬芳
人也不寂寞，心也不孤独
带着故乡去远行

地铁里的歌者

他们没有在意写在墙上的文字
或许，那是一首写得很烂的歌词
在摇晃的过巷中弹着吉他
忧伤的歌声，不应该成为他们的主旋律
手中的吉他是多余的
在这里已经有很好的配音

一个歌者，一个旅人
相遇在一节车厢
只不过是他们的方向不同
外面的世界很小，车厢里的空间很大
四面八方的人都拥进来
窗外广告中的美女，别墅，豪车
诱惑着人们不安分的眼神
不停刷微信的少女，车已过了站

在地铁与轨道的亲热声中
旅人迈着站酸了的腿
走向出口。歌者
走入了另一节厢

独角戏

一场游戏，在夜幕降临上演
死亡的威胁，与生俱来
谁，主导这场无聊的游戏
你，或者是我
还有他。更多的
第三者……一个异乡人
随风而歌，对月而酌
与死亡同行，与魔鬼共舞
星星笑我痴狂，你笑我癫
在路上，我收到死亡信息
风尘中看到催命鬼张扬地
走入剧场

独角戏，我不是孤独在导演
有你，有他，还有更多的第三者
无序地登上舞台

读《叶迪纪程》有感

《叶迪纪程》是邓缵先由叶城返迪化，历时两月余，行程四千多里，记录沿途山川河流，风土人情等诸事，内容翔实细致，读之如临其境。

何谓忠，何谓义
何谓爱国，一卷纪程显丹心
扎卡昭昭留君迹

何谓壮举，何谓兴邦
何谓固土，墨迹见忠诚
胡笳声声颂君恩

黄沙满天，寒霜裂指
孤灯夜，一字一句述风尘
事不避难，敢担当

头痛岭，蚁如象，蛇缠山
黄河源，水滔滔，绝地险境猿徘徊

戈壁仞立，客家胡杨不死，魂永驻

履职如冰，尽忠孝
义薄云天，风云得路
毳庐绝唱，雁空飞

树伟业，一介书生
胸怀天下，仕子心
念民生之多艰，肝脑涂地

事亲躬，启民智
边疆富，守静修为
安贫乐道，三间瓦屋证清廉

清风如许，六代翰墨书香第
闽南青天，韶石教化
边塞诗章，风范无边

对话

一

活着，私愿未了
或善，或恶
爱着，恨着
矮情的，真意的

二

风与风，阴柔的，刚烈的
在某一个节点上相遇
撞破一个谎言
愤怒的冬天在三月来临前
死去

三

一步之遥，有多远
触手可及，又无法抚摸
虚与实。时间，被消磨殆尽
后来者，在纸上发现它
安详地躺着

四

打开天窗，先于风进来是尘埃
这个世界最神秘的刺客
它，杀人的手法如此的优雅

五

人没有出现
鬼一定无法活着
如果鬼会点灯
那么就是有人在为鬼打工

六

鬼随人脚步行走

神，却行走在人的胸膛
一张纸钱点燃
鬼，在偷笑
神，脸上发光

七

从镜子里头看到自己的眼睛
平时左眼看不着左眼，右眼看不着右眼
感谢镜子，让我看到我的眼睛
两只耳朵始终是互不相干，却谁都无法离开谁

八

左手，摸不着背全部，右手也一样
鼻子与嘴的距离贴得这么近
发出的声音不同。把自己引入地狱的
不是魔鬼，是自己控制不住
自己的眼睛

九

悲伤，是悲伤者看到了悲伤的伟大
忧郁，是忧郁者知道忧郁的浪漫
寂寞，是寂寞者没有寂寞的苍凉

绝望，不是春天的故事
能浸润春花秋月的
是桌子上那尊顽固地拒绝与风握手的
摆钟

十

医院，殡仪馆。与幸福不相协调的事物
拒绝总是无法拒绝，医生的白大衣
拒绝总是无法拒绝，殡仪馆的音乐
护士温柔的手，殡葬工结茧的手
从带血的阴道中走出来，在白色恐怖中离去
生命，经历着一双力度不同的手

十一

一只从凌晨四时三十分开始唱歌的小鸟
羽毛披着雨露，驱逐黎明的黑暗
它，用同一种方式，勾引着日头
勾引着春天，勾引着湖光山色
一只蝴蝶，因它
堕入花丛而亡

十二

相遇春天，相忘春天
一朵花与一片叶子
足以让这个世界的血管
贲张

多余的时光

你的呼吸
是这样近又是这样遥远
是这样亲切又是这样陌生

一场游戏结束，另一场游戏开始
我没有祈祷白昼沉没后
黑夜不要来得这么凶猛
星光下风尘涌动
片刻的安静也是奢望
你说，心静尘自远，神闲气自清

时光多余，光阴不再温柔
喧嚣一路狂奔
白天注定被黑夜折磨
目光也不是脉脉含情
魔鬼的思维无限扩张
最宁静的地方变为最疯狂
最圣洁的时光被污染

最肮脏的地方被朝圣
善良就会被戏谑
诚实成为无聊的代词
爱，不堪一击
美被无情绞杀
阳光下笑容扭曲
说出一句赞美的话
也会被诘问动机是什么

天空下，时光难道真的是多余
游戏的规则不过如此

栖居者

寻找可以歇脚的地方
哪怕是容得下片刻喘息
心不堪负重，记忆之殇
我已失去了一个冬天
方舟停靠，风雨重叠
历史之书沧桑满纸

黑夜袭来，我把冬天交还给冬天
爬行的昆虫，弱小的我
在忧郁的天空下，艰难地呼吸
大地充满灰色的格调
空气令人窒息

思索由冬天延伸向春天
诵经者，声音拖沓
语调凄凉，如亡国之君的哀号
小草披露如珠

天穹下，山冈把星星击落
土地留不住一滴水
桃花妖艳
远处，蜜蜂徘徊

前路

风吹或雨淋，或艳阳高照
沿着时光的轨道，逆风而翔
飞鸟，改变不了
太阳全速运行的习惯
山吞夕阳，大地空空
暮色苍苍，路茫茫

心比天高，星辰遥遥
触手难及，水中月，镜中花
时光褫夺了所有的浮华
春色中，风雨交叠
挽歌在前路奏响

秦朝的风

我在努力寻找秦朝的风
也在努力为自己失败找理由

纸如刀，雕刻着昨天，也雕刻着今天
文字是魔，歌颂你，也诅咒你

叱咤风云的战车
在时光的沙漏中静静消亡

盗墓手艺精湛
把一个个亡灵唤醒

握别一抹夕阳，听一曲秦腔
背西风，别回首

清明，死亡离我有多远

死亡，离我有多远
一丈，一尺，一寸
不确定的，无法计算的数学题
从出世到现在，谁都不能拒绝的赏赐
不要去叩问三月。死亡
离我有多远。神，也不能给出答案
只说，天机不可泄也
三月，不要去跪求神的保佑。死亡
不要降临我的身上
桌上的钟，不要让它停摆
那是邪恶的坐标，在某一天
它会为需要的人提供
我死亡具体时间的证明
给杯子倒满水，风经过的时候要带走
太阳把不利的信息屏蔽
死亡之手顺着密道，越伸越长
把陷阱布置得无处不在
在地平线上奔跑

阳光在天上，风在地上，雨在中间
清明的天空布满云层。祭祀吧
踏着亡灵走过的路
为我已死去的亲人，还有战友上炷香
我，清楚。他们在最近的地方
也在最远的国度等着下一个到来的我
没有理由不让我对死亡产生尊重与敬畏
没有理由让我对与生俱来的东西进行排斥
虔诚地面对死亡，幸福地活着
清明，死亡离我很远
也不远

请别告诉我，死不起

该来的都会来，该去的都会去
不要说太遥远，天堂没有路
请别告诉我，死不起

春雾满山，新绿爬满枯枝
我的尸体是最好的肥料
尽管空气中曾散发些腐臭

落叶把我的骨头覆盖
土地将骨头慢慢消化
直至一颗牙齿变为化石

灵魂在婆娑的叶子下栖息
雨露甘霖，春花秋月
请别告诉我，死不起

日子

时光的列车直抵心脏
血在沸腾，片刻的阳光飞逝
生活的宁静，却被风雨打乱

日落之美，总让我记起昨日的故事
那头牛披着一身露珠，穿过老屋的石街
走入暮色深处

点点的星光，蓝色的夜幽幽
萤火虫，忽高忽低
路或长或短，明天的事无法预知

风撕破船票，对岸只能遥望
远处渔火明灭，这个日子里
谁，在唱着苍凉的歌

日子，把所有的浮华吞没
人在旅途，向左向右
风也一程，水也一程

生活，将我的身躯分两半

七月，我来到
生活，将我的身躯分两半
一半是父亲的耿直，一半是母亲的倔强

七月，我来到
生活，将我的身躯分两半
一半痛苦浸淫着，一半快乐润泽着

七月，我来到
生活，将我的身躯分两半
一半母亲庇护着成长，一半在惊扰中度过

七月，我来到
生活，将我的身躯分两半
一半饥饿眷恋着，一半灾难沐浴着

七月，我来到
生活，将我的身躯分两半

一半为生计，一半为求索

七月，我来到
生活，将我的身躯分两半
一半在黑暗中寻找光明，一半在光明中走向黑暗

七月，我来到
生活，将我的身躯分两半
一半乘着天使的翅膀飞翔，一半遭受魔鬼的折磨

七月，我来到
生活，将我的身躯分两半
一半豪情万丈，一半沧桑满怀

七月，我来到
生活，将我的身躯分两半
一半在屋里，一半在屋外

七月，我来到
生活，将我的身躯分两半
一半在风中，一半在雨里

七月，我来到
生活，将我的身躯分两半
一半狂欢，一半忏悔

七月，我来到
生活，将我的身躯分两半
一半挣扎，一半呐喊

七月，我来到
生活，将我的身躯分两半
一半彷徨，一半飞歌

七月，我来到
生活，将我的身躯分两半
一半荣，一半辱

七月，我来到
生活，将我的身躯分两半
一半是哭，一半是笑

七月，我来到
生活，将我的身躯分两半
一半活着，一半死去

生命之约

风雨兼程，一生的荣耀
在于平凡，在于宁静
花该谢的时候总会枯萎
如叶子该黄的时候就凋零
走入果实的梦，蜜蜂明白
花，并非为它开

霏霏春雨的黄昏里，你乘着雾而来
如尘，如雨，更如风。轻飘飘
来了，去了，如昙花一现之凄美
没有前世，也没有今生的约定
灵魂的交融，鄙夷肉体的邪恶
情到深处痛自生，别说再见
蓝色的鸟穿过我的心房
栈桥已断。渴望轰轰烈烈地活着
苦乐都在心间

来不及地问声好，身影已远去

行歌响起，风在吹，雨不停
黎明前的黑暗里，你的体香
在我的血管里沸腾
拿什么来赴你的邀请
我的爱人

谁看到时光离去

深度的呼吸，天空也特别有含义
风，瞬间吹过
大地仪态万千
握着手说爱情永恒
又难舍前面香车宝马

昔日的河流已渐变为小溪
一座座老屋慢慢老去
残墙断壁依稀记忆当年的辉煌
夕阳下，那雕花的屏风精致无比
几只麻雀，叽叽喳喳讨论着工匠的手艺

浮华尽散，岁月静好，极美
庭院破败，依旧花开花落
小小的酒杯盛满时光酿造的酒
欲与时光共舞，天空遥远
欲与暮色话朝霞，大地阡陌

五百年不长也不短
随缘际遇，聚聚散散
生生死死，相见难，相守难
寸草寸心寸步难
心语话与谁

秋风撞入胸膛，智者也思维混乱
长茧的手无力握笔，薄纸难记冷暖
春夏秋冬指间流过，谁看到时光离去
清醒的双脚
总把脚下的石子遗忘

谁与共舞

今夜，注定不醉无归
夏季的风吹得这样热烈
童年不在，青春也开溜
踏上另类浪漫的旅途
记忆是这样刻骨铭心
对已去的亲人，对远方的朋友
还有对不堪回首的往事
悚人的吆喝声从心灵深处爬上耳边
荷枪实弹的民兵，粗暴地将父亲
捆绑，挂牌，游村
我总会躲在祖父或母亲的背后
用惊慌无助的眼神看着
父亲不屈的身影远去
我，不记恨过去，努力忘记昨天

岁月的苦涩，命运之神喜好玩笑

给我一米阳光，也赐一片迷雾
孱弱的我，无法预知未来
彷徨着，却不放弃对幸福的憧憬
相信事物是善良的，更相信未来是美好的
向左，向右，我努力调整适应生活的脚步
一次次跌倒，一次次站立
在洒满风雨的途中
你不停地笑我固执与愚顽
请原谅我的放荡，和对事物的痴迷
诗酒百年，欲做尘世的风流客
转身起舞，我还是一个人在跳
盛满月色的酒杯徒添几分哀愁
难道我用一生的虔诚
也无法感动圣明的神灵
今生，与谁共舞
明月清风

生于斯，亡于斯
握不住一缕的时光
穿堂而去的风
嗟叹什么，我心朝阳水流东
行成于思，乐道于贫
夕阳中，抛开心中愤和忧

看云卷云舒
玉衣锦食又如何
今生，与谁共舞
海阔天空

水色

日子，总是波不惊澜
狂热与固执慢慢淡定
湛蓝的天空下
我曾幻想成为诗人，纸如刀锋
无情地把我的梦切割
血如注，殷红不再
一如水色

五月十九日，喜欢按自己意愿行事的老天
热情过后，又是暴风骤雨
一群诗歌的追随者，在露天吧
雨中吟唱着林馥娜的诗
和着雷声、雨声、风声
天籁之音，旷野淘馥
诗的芬芳，飘向天际
随着水色流向远方

今夜，所有的魔鬼都在狂欢

一颗头颅落下，血染斜阳
行者之死，如此凄美
所有善良的目光都欲哭无泪
所有魔鬼都在狂欢

“任凭风吹雨打，胜似闲庭信步”
行者临刑而歌，又说
愿我之死，唤醒沉睡的良知
用我的头颅去祭祀上苍吧

平静面对死亡，珍藏美好记忆，忘却仇恨
昨夜的星，今晨的风，血染的刑场桃花盛开
混沌的世事，何谓善恶，何谓小人君子
没有统一的答案，只有不同的价值观

春耕秋收，魔鬼有魔鬼狂欢的理由
不用去谴责，别以恶向恶
心态决定一切，谁都不要说教人生

向善者，道德传心，惟仁而寿

狂欢吧，魔鬼，事物择机而生
存在，各有不同的方式
不要哭泣，善良的人
风雨过后，便晴天

天问

大地无语，当风凉水尽时
天空随着一声叹息，布满忧郁
金色的梦就这样破灭
找不到归宿，今生注定风雨飘摇
梦断昨天，故事停顿
曾经狂热的心平静，一如止水
任由风吹，波不起澜
行走着也是在睡梦中
清醒着痛苦，要糊涂也不容易
何必执着问过究竟
当春天要祭祀冬季
燕子是最好的诵经者
怀念，蜕变为爬满枝的嫩芽
雾满山，带不走一点湿气
留下来是永恒的记忆
谨此一生，短暂
生活幸福，现实也坚硬

突破

在太阳底下与风对话
我还是保持固有的姿态

叶子落下，所有的都朝一个方向
向下，把目光再放低一点点
努力寻找风的轨迹。作为失败者
我想知道真相。翻过风的背面
刀子藏在里面。不再纯粹的我
承受力已突破了底线

谜底揭开，渺小的天空
巨大的风
从四面八方吹来

土地

趁着今夜醉酒，说出想说的话
酒后真言，也符合人的逻辑思维
今夜，尽情地说吧
关于权力，关于金钱，关于地位
关于别墅，关于美女，关于美酒
在黎明的黑暗没散去之前
拥着这纸醉金迷的梦
也许是人性真实的表现

明天，在苏醒的第一时间
我，不会聆听任何人述说昨夜盛宴的故事
从今天起，我只关心脚下的土地
与生命紧紧相连的土地
亲切而厚重的土地

从今天起，我只关心土地里生长的稻谷
番薯和地豆，还有青菜
足以让生命延续的东西

权力和金钱无法征服的圣物
尽管没有多少人在意土地怎么了
或为某种需要，沃土会长出豪宅
为狂欢者提供纵欲的场所
欲望之舟直达
此时，谁还会注意
一粒稻谷的成熟
足以压弯老农的腰

因为小草，因为粮食，因为生命
从今天起，我只专注
神圣而永恒的土地

微诗六首

立秋

在不合时宜的季节和地方表白了爱情

标准

看谁能笑到最后

狭缝

坚守，死路一条。放弃，条条死路

独白

没有人的时候自言自语

关系

因利而存，因利而亡

规则

以人立，以人废

为你守身如玉

太多的诱惑，太多的无奈
生命难以承受之痛
现实，无间道
虚伪与真诚，薄如纸
这层纸，请勿捅破
让彼此守住一个秘密
诺言，不用信誓旦旦
牵着你的手，无论前路风雨或艳阳
柔弱的身躯，托起我的梦
远方有多远，路就有多漫长
心不漂泊，就不孤独
因为，有你
今夜，我守身如玉
一生也拒绝邪恶的邀请

未来，你好吗

野菊染霜，秋风直入大地的心脏
我依然固执地走在未来的路上
失败折磨得我遍体鳞伤
现实扯碎我瘦弱的肩膀
灰烬查封历史
心中还有一个梦
用野藤织成的筐
背着我的故事艰难地前行
你不屑的目光讥笑我的痴愚
你的眼神刺伤我，却让我坚强
并不离群索居的我
走在通往未来的路上
独善也是福，我始终相信
放逐不是我的追求
坚守并不孤独
冬，奏响春的乐章
野草将大地解封
幸福在梦诞生的地方绽放

我的故乡并不贫瘠

痛，是我父亲遗传下来的病
也是祖父的基因
一直传承着，愈远愈痛
化为沉甸甸的稻穗，俯身
向深秋的土地致敬
我的故乡并不贫瘠

野火一遍遍地把土地烧过
青草一次次在废墟上站起
春花秋月，晨光暮色
瓦房还在，新楼耸起
青壮年出出入入，老人坚守着领地
麻将的复活，在人们的手中欢呼
小孩子玩着老人无法读懂的游戏
作业只能慵懒地躺在书包里
地里的庄稼在原色的天空下自由呼吸
我的故乡并不贫瘠

风，又一次把我撞伤
撕心的痛来自父亲裂开的头骨
母亲的手折断，痛又一次在我身上叠加
一亩三分地上，父母的身影在风中来回
老屋的大门洞开，对面山上是他们的新房
父母的一生，植根田间地里，归宿树木林荫
我对大山，又多了一份歉意
我的故乡并不贫瘠

我想静静地读诗

渴望红尘在外，今夜
听着冬雨，我想静静地读诗
幻想伊人，从水的一方
走来

风吹竹摇，夜深深
雨薄薄。月光脚步姗姗
走入，唱着一首诗
我，泪花闪耀

成为诗人是今生不可能的事
我，依然努力试着读懂一首
关于月光
关于夜晚的诗

无题

我，又是谁
谁，又是我
谁，看见，我
偷走时光的酒杯
用左手，还是右手
疯子，有疯子的说法
流氓，有流氓的道理
强盗，有强盗的逻辑
胆怯的智慧在迟疑
无知已经到来
经过那片墓地，寒鸦几只
我在想坟墓里的世界一定是美好的

向往温暖

心中没有梦，却终生在追梦
点亮一盏灯，向往阳光升起的地方
一路走来。叩开那扇门
追寻缪斯的足迹，聆听天籁之音
梦也绚丽，心也宽阔

红尘而居，偏安一隅
何以悟道，守静修为
雨露甘霖，润物无声
乐此一生，以诗为梦
爱也无边，善也无边

时光奢侈，文字芬芳
书香濡染，月落荷塘
采撷几片叶子，抛向天空
随风呐喊，诗意栖居的圣地
情也深深，意也切切

生逢盛世，行者如歌
铁肩道义，剑胆琴心
仰望星光灿烂，俯视大地苍茫
脱胎换骨，涅槃重生
诗意也浓，书声也清

谢谢你给我一片空间

天空别把云朵压得这么低
花也不要开得这么艳
好不容易获得半刻的安闲
难道也不给消停
你问我幸福吗
幸福有标准么
你无法回答

把失去当作拥有
我感受到了幸福
把拥有视为祸所伏
我懂得敬畏
生于平淡，死与安乐
在一路风尘中
谢谢你给我一片空间

你把幡旗祭起，香烟在跳舞
祭坛下成了神与鬼的竞技场

你的咒语让人无法抗拒
大道已不能通行
穿过狭路，相逢无期
关上这扇门，打开一扇窗
谢谢你给我一片空间

你说生活就要苦斗，世界属于强者
讥笑我对现实的懦弱
是否勇者无惧
思霸王，江东未过
当风刺痛我的眼球
才知自己是如此的愚昧
谢谢你给我一片空间

信仰

绝望，我更看到希望。路的前方，春光明媚
努力控制住自己，不让信念在混沌的世事中失衡
活着，各有各的坐标
行走阡陌，在春花秋月，或是柳暗花明
事物的成长，一如
绝地，植物生长同样茂盛

从一场葬礼下来，流泪人的心态
不一定是因为亲人死去而悲伤
貌似简单的现象，不一定简单
比如从不同的角度去看夕阳
落下的不仅仅是一天的结束。一如
意想不到的事，任何情况下都存在着

羞涩的时光，充斥着致命的诱惑
害怕死亡，是动物的本性。然而
死却有不同的死法，泰山重，鸿毛轻

乘易水之寒而行，何等壮烈，何等从容
生因信仰，死因信仰。一如
守住自己，荣也不惊，辱也不惊

埙

——雨夜，去江门的路，车上听埙

今夜，冬雨洒满路
车轮伴着音乐有节奏地转动
谁，把埙吹得如此凄美
令人销魂，令人动魄
生命穿越秦汉明月
流连唐宋诗篇
握不住时光的手
埙，你却把历史的旋律记忆
一杯茶，一曲清音
一壶浊酒，一生何求

殉道者

昨天的我已死去
今天的我活着
花圈精致
活着的人向死者炫耀资本
悼词再华丽
对死去的人没有任何的意义

如果活着是多余，死去也不足惜
喧嚣的尘世中
注定容不下一个活着的坚守者
在神马都是浮云的年代
谁都不会留意
一个生命的离去意味着什么
即使是诵经者也无法知道

善良被诅咒，爱心被欺骗
恶魔披着耀眼的光环
灵魂龌龊，天使也哭泣

还有什么能抵御诱惑

昨天的我已死去
今天的我活着
因为诗歌

夜

风召唤，雨应邀而来
黑暗袭来，我看见了时光的眼睛
繁星满天
穿过时光的隧道，夜色苍茫
一生触不到，天空
日子远去，快如闪电

时光的眼睛盯着黑夜
光明可贵，握不住时光的手
路有多长，年华凋谢
大地无声地记录着
夜半歌声，谁唱响
时光的洪流疾卷
淹没了黑夜，也淹没了白天

时光的目光始终明亮
时光的胸膛始终温暖
把黑夜归还黑夜

把白天留给白天
不要有诅咒，不要有怨恨
不要有罪恶，不要有遗憾
白昼苦短，黑夜也不长

雨水

当冬天在眺望
前方还有多远时
有一个脚步已踏雪而来

困惑着无数人的悬念
解不开的结
却让一场意想不到的雨冲得无影无踪

寻找爱情真谛，咒语破解不了
缠缠绵绵，谎言如此美丽
直教生死相许

花常开，叶常绿
眷恋着少许的风景
迷失了更多的景致

在风雨中旅行
舍得放弃多少

就收获着多少

雨水来了，怨叹命运的不济
源于意念的复杂
哭哭啼啼地诉说不幸
换一种活法，或许更轻松

安贫就简心知足
乐道崇文福自滋
点亮一盏心灯，前路
风也无惧，雨也无畏

在斜阳横行的季节

在斜阳横行的季节
曾经野蛮生长的植物，疯狂过后
逃不脱冬雨的洗礼

用枫叶写就一封信，蘸霜而书
手在颤抖，天边的你能否收到
这封，语无伦次的信

季节的手，柔弱而斩钉截铁
所到之处，没有人能抵抗
如你的眼神，温柔而绝情

原与野，远与近
一厢情愿的事物无法美好
大自然的乐章，也是咒语

总想找借口来搪塞谎言
虚构事实，试图突破围城

樊篱筑得比天还高

奔跑在暖阳泛滥的小路
与时光谈判，与死亡对决
在斜阳横行的季节

5～35℃

事物的生长，需要一个适合的环境
这个环境，不是它适合你，而是你必须适合
生长需要的温度。温度，很关键
能成，亦能败，切入点在于找到平衡
高不成，低也不可，原来生存更要讲究技巧
小小的苹果，不是它掌握了气候
是温度适应了它。把地砸出一个坑
也就理所当然。5～35℃以下或以上
都是事物生存必需的条件
冰，在燃烧，化为水
万物之魂，孕育着事物，相克相生
明灭之间，世界复杂而简单
充满幻想，美妙。神奇，匪夷所思的温度
派生出无穷的事件，或生，或灭

风起的时候

风起的时候，我在哪
在异乡街头，雾霾尽散，眼神依然浑浊

风起的时候，我在哪
在寻寻觅觅，诗意的生活在心中

风起的时候，我在哪
在林间，一片落叶谜底被揭开

风起的时候，我在哪
在小路，春花秋月，沧海桑田

风起的时候，我在哪
在地里，泥土中，祖先骨头闪耀着蓝色的光芒

风起的时候，我在哪
在秋色中，踩着枫叶铺满的路向远方

风起的时候，我在哪
在夕阳下，携梦归。我的故乡，枕着你的名字入眠

第二部分　四季如歌

把春天留给春天

把春天留给春天，玫瑰花长满了刺
爱情还可以相信吗？没有人能告诉我
明天，放飞的心不知飘向何方
走过的轨迹被尘封

为能拿到通往天堂的通行证
鄙劣者有鄙劣的手段
虚伪者有虚伪的方法
小人的心计总是让春天失色
救赎，负罪的心在春雨中祈祷
不要把所有的恶都归罪于别人
春江花月夜，还能为你做点什么
黑暗袭来，我只有
平静地面对死亡

春分

一

一个季节的终结
另一个季节的来临
忧郁的天空，一声雷鸣
灰色的云散去，阳光温暖
向春天问候

二

氤氤氲氲，水气森森
龟裂的土地滋润
光秃秃的树丫爬满新绿
微风细雨，几只春燕呢喃
向大地示爱

三

生命短暂，春来春去
瞬间，没有任何的痕迹
树林里有间美丽的房子
堆积着岁月的骸骨
在风中散发淡淡的幽香

四

把日子平分，也把春色平分
春天最终归还春天
秋天的事留给秋天
世事没绝对。有的人
一生也看不到美好的景致

五

趁着春天还在
乘着青鸟翅膀飞翔
彷徨是没有用的
惧怕黑暗，就无法抵达
光明

六

与春恋爱，大地不寂寞
绿色的波涛涌动
叶子的生长比时光还快
风中握不住花香
雨如注，冬天的故事
在春天传播

七

点点滴滴的雨，乍暖还寒的风
总是充满慈爱
午后的阳光给大地疗伤
竹笋，刺穿冻土
对着风
惬意地笑

春天，请给我一枝花

为了迎接你的到来
我用了整冬的时间调整情绪
没有过多的期盼
只想着你的到来，给我一枝花
星辰寥寥之际，你把另一个季节掠夺殆尽
挟着得意，世间万物臣服于你
细雨微风在你指间流过
风无形，雨也无声
为了这枝花，我耕耘着被冻僵的土地

无法走入你的世界
尽管我把真诚奉献给你
不是为了取悦，或屈从你淫意的目光
更不是为了博取你瞬间的回顾
只是我固执地认为
春天来了，必须种好我的地

春天来了，请给我一枝花

虽然无法走入你的世界
我不需要太多的承诺与赞誉
巧言令色会让春天变得郁闷
苍蝇也会繁殖得特快

春天，请给我一枝花
我贫穷的生活也一样精彩

春天，在街头遇见疯子

春天，在街头遇见一个这样的人
头发披肩，胡子很长
身子上裹着毯子，破旧的
行走着，光着双脚
穿过长长的街道，路人纷纷躲避
几个顽童向他丢去杂物，他微笑着
捡起半只包子，和着雨津津有味地啃
人们说他是疯子

与天空相望，他的目光不可名状
或是睿智，或是深邃
或是呆滞，或是无所谓
或是嘲笑我手中的伞
无法读懂他脸上的表情
是欢喜，是忧愁，如谜猜不透
信守着一个天大的秘密
喜好与风私语，嘲笑这场雨来得不是时候
吟唱只有他自己能懂的歌

他的领地，万能的神进不去
他的那扇窗只为风开着
怜惜，亵渎了他的心经
也许，在他的世界
春风是多余的，雪花也没有意义
也许，他的眼神无时不在讥讽
自诩正常的人是多么荒谬

一辆豪车驶过他身边
喇叭鸣得贼响
“砰”，一声响起
一坨污秽的东西沾在洁净的车窗玻璃上
雨中，他的手高高扬起
迅速向豪车无法驶进的小巷跑去
车里走出的胖子与穿高跟鞋的艳妇朝他嚎叫
巷子里头，他始终保持胜利者的手势
引领着行人大笑
向追逐他的人投去不屑的眼神
消失在巷子的深处
任由胖子与艳妇站在巷口喘气与粗语

谷雨

一场雨的速度是这样猛烈
在黑暗吞食白昼后
倾盆而下，没带雨具的，打着伞的
无一能逃过，雨淋衣衫湿
汽车在公路上举步维艰
街道，成泽国。行人胆战心惊地走过
不知井盖是否被冲走
昔日被说得神化的工程
原形毕露。难怪鲁班不敢活在今天

一个交警暴露在路的中间
大雨滂沱。他的手势飞洒得如此优雅
而又铿锵有力。帽子上的警徽被雨淋得闪亮闪亮
红绿灯，在雨中变换着光色

渴望在春天里，有一场雨将我淋湿，最好能淋得一身通透
这是我今年第一个愿望，期盼着这一天终于到来
医生却忠告，伤口不能着水，这样会更难愈合

错过了今天的第一场大雨，农历三月初二的大雨
再一次印证了我的存在是错误的，没有胆量去享受这一场雨的洗礼
注定成不了英雄，理想总被现实取代，美梦幻灭得支离破碎
我，却还是抱着试试的心态。走出去
实实在在地被雨淋湿一次，这是多痛快的事
想着那张床，还有贼亮的手术刀
胆怯的我，戛然止步于电梯门口
目光不可言状，望着满天雨色，看着风在雨中自由地奔跑
一记雷声响起，雨下得更有力

我想，懦夫可以宽恕。可我饶不了自己的懦夫行为
不去为自己的错误寻找借口，时光容不下虚度的人
或许，与其诵经，不如在这场雨中为自己写篇悼词
用右手写自己的悲伤，用左手写自己的错误
忏悔与救赎
空空的

寒露

有个词汇叫恶搞
“专家”说：“恶搞”不能编入词典
那是网络派生词
“专家”就是“砖家”，喜欢抛砖砸人之家
以为他的存在就可灭掉恶搞这个词
寒露来了，季节更喜欢恶搞
日子就是这样，和这个季节热恋
又无情地将她抛弃
投入另一个季节的怀抱说情爱
刻薄而绝情，直教泪成霜
花成冢，叶成堆，相见不知怀念苦
世事轮回，转头空
年年有寒露，岁岁人不同
曾经照出点点星光的古井枯竭
老屋的雕檐也在秋风中砰然掉下
重重地把大地砸伤
风吹过，田野的稻谷渐黄
石街悠长，宁静无语

老牛默默地穿过夕阳
寒露渐远，冬将至
时光悠悠，只求岁月静好
岁月却依然喜欢恶搞的游戏
谁，又能拒绝恶搞……

惊蛰

信步穿过黑夜，走在寻找光明的路上
来者如云，都是过客
归去的旅途，风云变幻莫测
不能预知明天，生命透支
痛，在梦醒时分
一场雨，来得这样猛烈
这样执着。如我
相信未来是美好的
却无法预知未来是什么

立夏

变幻的时光，不经意中把春暖花开的季节收藏
不张也不扬，岁月的手伸展自如
无过错的事实，证明事物生存必须具备的条件
阳光下，蝉的声音不管你愿听或不愿听
它都存在，这个季节注定是属于它的
不仅仅是那棵树，而是整整的一个夏天
直至蝉语转化为魔咒。秋色满地

拾起一片被灼黄的叶子，阳光的味道
泛起，稍作停顿的蜗牛疾驰
迅速占据了制高点，我的墓地被夷为平地
没有人为我祈祷，也没有人为我唱首安魂曲
灰飞烟灭间，游荡着，寻找母亲的踪影
在地狱，在天堂，我的眼睛无法触及远方
更无法看清近处。梧桐花开

摆渡

水始终流动，船夫的号子在秋风中飘远
船舱浅浅，载满岁月的沧桑
留不住韶华流水
岸边的枫叶已展示季节的态度
摆渡人，暧昧的笑
在水中变得猥琐

白露降临，日子渐短
水鸟披满夕阳的余晖掠过
世俗的尘埃，毒化了善良的时光
摆渡人，不仅仅为了渡人

秋风肃杀，水如镜
照出人间千姿百态
世事悄然无声，在记忆
在消失，摆渡人
竹篙一深一浅
总把宁静的水面搅动

三月行歌

从水暖中走过
从二月的剪刀中走出
舞翩翩，舞就桃花红
舞就李花白，万种风情
燕子在云间穿梭，带来缠绵细雨
草色泥香敲开那扇柴门
母亲，用一生酿出的酒
洒满一地，随风飘远

幻想在春风里看李白与月对舞
哀鸿掠过，杜甫的诗
染红一朵杜鹃
布谷声嘶，为谁
三月的春风

踏着湿润而行
如果手中握酒而歌
青春不再寂寞

惧怕时光流苏
就请放下年少的轻狂
还有什么能阻挡
心中的梦自由飞翔

蜘蛛试图留住三月的脚步
写诗的手定格在蜻蜓飞过的空间
我相信人间自有真情在
你的眼神，重重地给我一记耳光
青蛙得意地讥笑着我

借我一匹马走天涯
伤心秦汉经行处
用三月的雨和墨，写一疏经文
奏请清明的风
吹去遮在长安的云
愿人间，终岁不闻贪吏呼
便晴天

三月三

一

所有的植物都在争相献媚
在这个季节来临时，拼命地展示自己
不择手段，野蛮地生长
丝毫不顾土地的感受，呻吟声
已经被一片蛙鸣掩盖

二

乍暖还寒，天空瞬息万变
上苍的行事，总爱突破自然的规则
喜好覆手是雨，翻手是云的格调
或雨，劈头盖脸打来
或风，不问青红皂白刮过
间白还黑的云从不给太阳的面子
白昼中黑暗更黑

三

空旷处，一个披发的画家无奈地盯着画板
一幅刚画好的画就这样被风没收
胡子在他脸上立正
姿势充满愤怒，燕子得意地讥笑画家
舞动着翅膀，抖落一片细雨

四

牛铃春光，总想快速穿过田埂
老牛的脚步不听使唤，没有犁
无法翻动地里的土，突突突的机械声
它明白，主人的鞭再也不用打在自己的身上
吃完最后的一棵草，明天
已经是人们桌上下酒的美肴
雕刻家冥思苦想着，如何把
《清明上河图》刻在它的骨头上
卖个好价

五

春雨丰腴了大地，泛滥的绿意满足了诗意的江南
此时，适宜踏青，也适合祭祀
我想写好一篇祭文，神却始终不给灵感
想借一滴酒的威力来刺激麻木神经

试图逃出纸牌屋，黑色的伞下
彳亍而行的我目光迷茫
彷徨中，看到祭神的礼单上赫然写着
我的头颅是祭品

六

乌鸦的声音刺耳，谁都不愿意听到
谁都无法避开，无论是春暖花开还是万物肃杀
事物的惨烈注定是无法相安无事
不管生活是阳光灿烂的天堂，或是灯火明灭的地狱
总有人以神的名义举行海天盛宴
狂饮鲜血酿造玉液琼浆，假神之手施万恶之欲
以虚伪的仁慈，恣意地缚杀善良的生灵
诅咒魔鬼的疯狂，无疑是懦夫的行为
相信泪水能感动刽子手会放下屠刀
是多么幼稚的想法，缘于自己
直教不知如何死去

七

春光明媚，我相信爱情也是美好的
如我相信你一样，会恪守昨天的诺言
参加完一场葬礼后，才明白自己是如此弱智
雨中，根本不适合放风筝
等待着你来品新茶，你说咖啡更合口味
无法满足你的愿望
我只能在村口与风对话

十二月的风

十二月的风
把所有的故事吹散
把所有的梦查封
行走在坚冰凝固的世界
那片风携着魔鬼的思维
登堂入室，试图改变事物的习惯
诡异的日子，变幻莫测
时光，从容不迫地流过指间
生活的磨砺，嗅觉不再灵敏
毒素让神经麻痹，注定夏娃无法抵御诱惑
苹果熟透以后，在下一年轮
你是否可为我留下一帘春梦

站在村口
等候每天一班的客车
时间是这样漫长
又是这样仓促
来时路已不是归时途

青春经不起长途跋涉
嗓音沙哑，童心未泯
乞求上苍帮我实现愿望
风不屑地吹过
拿着你赐予的硬币
登上客车又一次出发
再次造访诗殿堂
诗歌的亢奋，诗歌的悲伤
诗歌的玩味，诗人的痴狂
跃然纸上，语无伦次

十二月的风
挟着冬雨无情地淋湿我的脸颊
撕裂我的伤口
躲在角落的你笑着与风对话
世事如谜，猜不透
读不懂，世俗不可诋毁
神也无法把握的方向，任由风吹
稻草人保留独立的姿势
年龄不用装饰，素颜的你
脸上写满世俗的歌谣
你纤秀的手，为我弹奏壮行曲
在下一站，你会等我么

十二月的风

太阳从彷徨的云层中走出
给灰色的大地涂金
一手打开光明宝匣，一手释放黑暗的魔方
不合规则的手法，给人无尽的猜想
直至历史难以界定对错
日头的悲哀，是永远给人做嫁衣
追风的鸟披着太阳的色泽穿过
带走爱情，带走思念
带走欲望和罪恶
目光空洞，我依然顽固地记起
你，风中的承诺

霜降

秋露已成霜
朝着黑暗走去
我的身躯在风中轻如尘
直面黑暗时，感觉不到什么是害怕
转身的瞬间，诗人已死去
亡灵哭泣，道德高地沦陷
前面沼泽一片
寻找一丝的光明，却无法穿越围城重重
所有的期盼都落空
充满邪念的目光，围观者的淫笑
让人毛骨悚然。城墙
被这个季节击溃，不再固若金汤
穿墙的马倒下，残骸散落满地
眼睛腐去，头骨空洞
任由风吹过

四月的雨

清明节后，天空打开了关闭的窗
下起了雨。这场应该在清明节发生的雨
在几场山火的灰烬飞扬中，任性地下了起来

天空阴沉着脸。春天，它喜欢扮演这样的角色
雨下得有些冷。寒食时令，保持独立风格
不因预报员，这个告密者的出现而改变
四月的雨，花因你而开，因你而落

行走在四月的雨中
如果打着伞，显然是错误的举止
如我，一出世就是错误的
错，在于我
不在于父母，不在于时代
从开始到结局

背着与生俱来的错误，从春天出发
风，又一次把我撞伤

医生在我错误的伤口上，施行了正确的手术
痛，在麻药失效后，一次次的叠加
四月的雨，下得再猛烈些
将我彻底清洗，错误的伤口不需要缝合
疼痛是神的恩赐。雨水，把我的伤口浸润吧
让种在伤口上的花
结出秋天的果

向着春天出发

一场雪，燃烧掉曾经向人炫耀的浮华
时光的使者刻意把钟敲错
让所有的花都在不合时宜的季节绽放
如果还有酒，就给我再来一杯
深度醉酒，说出心中的秘密
就不用去猜测冬天为什么会这么冷
有救赎吗？天意从来高难问
雪继续燃烧，梦化为灰烬
我凄美的泪水淋湿忧伤的大地
给春天发出的邀请信
停留在栈桥中间
向着春天出发
行进的脚步
还能再轻松一点么

小寒

望着窗外，背对图书
生活，让我如此知足
太阳的余晖洒满大地
层林尽沾季节的恩泽
万物都有灵性，在小寒的风中
高蹈

一片枫叶飘落
一朵花含苞待放
空灵的世界里，没有最美

该用什么态度去感恩这个世界
我从对面的大山发现
山之所以在尘土飞扬的世界中
巍然屹立的秘密

小暑

有些魔咒，注定是无法破解
纸糊的天窗被捅破，爆出惊天的秘密
原来，事物在狭小的空间生存
如此惨烈地挣扎着
即使找不到合适的温度和必需的水
仙人掌也一样能刺痛沙漠神经
沙满天

一

原谅被世俗认为的罪恶
或者自诩是卫道士心中不道德的行为
任何的指责，都是从自己的立场出发
宽恕时光的无情，自然明白岁月的诡异
来自天堂的足音越来越近
谁，还有能力拒绝死神的邀请

二

给自己的失败找到合理的借口
就不必在乎世俗的眼光
用自杀者的角度理解自杀者
也悟透，自杀者有他结束自己生命的道理
在不妨碍别人利益前提下
这是他应有的权利

三

活着需要尊严，死一样要受到尊重
禅的隐意，向死而生
明白个中的意义
既然有勇气在忧郁中生活
就更要有面对死亡的从容
所有的纠缠和争执都在暮色中恢复平静

四

酷热的风吹过，大地泛起阳光的味道
七月的黄昏，读着海子
夕阳的火焰中，一列火车辗过
海子，用火车的轮子完成在人间最后的

一首诗，春暖花开已过
小暑时分，又有一个人用柔弱的肉体与刚烈的火车亲近

五

生命之不易，敬之，畏之。当然，自杀不是诗人的特质
诗人是什么，或不置评论是最好的解释
人生是什么，字典找不到标准的答案
小暑的天空下，载满午间阳光的那列火车
为什么会跑得比闪电快，留给人们无尽的猜想
且行且思量

致五月

一声叹息，击碎多少仕子心
千百年，谁在泪流满面地咏叹着

江上的号子响起，风雨重叠
一尾鱼无法游向水的深处
眼神绝望。如我躲不过中年的袭击
在五月的风，无奈地看着
晨钟暮鼓，落霞飞
任由，五月的风，吹痛我脆弱的神经
放纵，五月的雨，淋湿我的额头
等待，五月的阳光，把我燃烧

一艘船驶向岸边，波浪与波浪相撞
浪花将大地打伤。历史的腰疼痛
背不动那本薄薄的书

第三部分　思亲情浓

六月，向晨光暮色致敬

——父亲节，想念着我的父亲

从早晨走到黄昏需要多少的时间
一秒　一分　或是一个小时
我无法计算出时空的长度

从早晨走到黄昏要走多远的路
一寸　一米　抑是一公里
我无法测出距离的尺度

风中，晨光突破黎明黑暗的封锁
从山之巅走来，黑暗
尾随而至。彼此，远不可及
又近在咫尺

我幻想化为燕子，穿过如纱的雾
不沾半点雨露，轻身飞翔
飞翔于晨光中，飞翔于暮色里

希冀在某一个角落找到父亲的身影
从早晨到黄昏，无明无尽
行走在生死之间，父亲是这样
用光明照亮黑暗，用黑暗点亮光明
至今，父亲淡然的目光还在我眼前闪耀
于是，我执着地向晨光暮色致敬
在六月的这一天

致母亲

天堂有雨么，母亲
在这个强降雨的季节
握着手中的伞，更惦记着远行的你

今夜，我仰望星空
寻找属于你的星座，母亲
十年，我的日子在思念中度过

老家的大门没有你依偎而望的目光
也失去昔日的光泽
生日的那天再也吃不到你的红鸡蛋
心里空荡荡

珍藏着你用生命酿成的老酒
愈来愈芳香
曾经孱弱多病的我慢慢地步入中年
渐行渐远，每每叨念养育之恩
我泪流满面，尽管生老病死是必然

却无法放下永恒的牵挂

风雨飘摇的日子把我养大
教会我坚强和感恩
无法报答深情，让我负罪一生
又是一个母亲节
在天堂，你可安好
母亲

父亲的脸

父亲的脸，昔日的光泽消逝
岁月的碾子，留下深浅不一的沟壑
青春只剩下记忆
风华已被风霜覆盖
一头白发，脸色更苍白
眼神布满沧桑
曾经有多少的愿景，多少的渴望
已经都成为过眼的烟云，夕阳中的回忆

忧伤与喜悦爬上脸靥，父亲
日子是这么痛苦，是这么快乐
是这么无奈，是这么幸福
胡子花白，再也刺不痛我不再娇嫩的脸
亲吻着父亲的脸，泪与泪交叠
我知道，父亲还有太多的话要说
泪花中，读懂了父亲的脸
生命之中，你的脸
经历着风雨，也沐浴着阳光

批斗，毒打无法让笑容从你脸上消失
那是对真理坚信
无论生活有多苦多累
始终是一脸慈爱
教会我要热爱生活，感恩生活

父亲的脸，诗意的脸，史诗的世界
一生的仰视，父亲的脸
赐予我一生无尽的力量

祭父亲

月圆夜，中秋日
月圆人不圆，心伤泪怆然
高歌一曲哭长天
曾祈天佑安康寿长
如今驾鹤归去
从此生死两茫茫
情何堪

呼天，云黯
哭地，风凄
天马哀鸣，黄袍易色
铁水悲
撕心苦，裂肺痛
儿担当

八十一载春秋
两个世纪风雨重叠
一路走来，道义肩挑

为人子，忠孝两全
为人父，含辛茹苦
为人友，肝胆相照
一生，光明磊落
坦坦荡荡，宠辱不惊
秉直真诚，立地顶天
笃信真理，矢志不渝
被毒打，不低头
遭诬陷，不畏惧
蒙冤十载终昭雪

父爱如天，抚儿育女沥心血
为儿饱，宁腹饥
风来，挡风，雨至，遮雨
双手撑起艳阳天
授诗书，明教化；乐耕读，习礼义
嘱儿孙，要忠孝；尊长者，睦邻友
受人恩，涌泉报；得与失，勿计较
忘怨恨，品自高；远是非，祸自消
德立业，善传家；敬天地，福泽绵

春晖难报，恩难酬
树欲静而风不止，子欲养亲不在
反哺已无缘，哀莫过如此
恨无期

忆往昔，谆谆教诲
看今朝，音容宛在
天堂路，春花秋月
盼来生
父子情义深

牵着你的手去看海

椰树修长，繁星点点
牵着你的手去看海
尽情享受，今夜，南海的风

赤足走过，沙子亲吻着双脚
深情款款，风滑过额头
远处渔火熠熠

牵着你的手去看海
星光下，在沙滩上写日记
浪偷偷地来，温柔地把文字带走

牵着你的手去看海
轻轻地，拾起一只小贝壳
故事永恒，岁月如歌

牵着你的手去看海
你说大海，是母亲

孕着生命，也孕着爱情

牵着你的手去看海
你说大海，是故乡
生活起航地，风暴聚集点

牵着你的手去看海
蓝蓝的天，蓝蓝的海，金色的梦
——梦中有你，也有我

牵着你的手去看海
眼睛把心抚摸，爱若潮水
一往情深

无关季节的事

打开一扇窗，白云在飘
它，存在着无关季节的事
我在想着，许多的事都无关季节
比如想念着母亲，她温柔的手
无时不在抚摸着我的脸。即使在十字路口
等风的到来
无关季节的事，比如想念父亲
他的胡子再也扎不痛我粗糙的脸
可是，他的目光依然这样威严而慈祥
他吟诗的腔调，在我脑海回旋
我，无法唱出这种韵味
在清明时节，跪在父亲的白房子前
希望还能听到他从天堂穿越而来的
声音
每天四时多，伫立窗前听鸟鸣
我想，谁能与它对唱
唯有晨风
这些，无关季节的事

意料之外

——致逝去的诗人

一场春雨过后，夏天就要到来
我知道美好的春天
也会出现不合时宜的曲调
这世上又少了一个写
关于春天，关于希望的诗人
消息从遥远的北方传来
我宁愿相信这个是谎言
事实却不容置疑
仰视着灰色的天空
俯身看着地上正生长的小草
我轻声问，风
一个诗人就这样走了
是你把他带走么
风，没有回答。继续在吹
吹落无数正在盛开着的花
春风中，脚步停止前行
诗歌，洒在花开花落的路上

以你的名义
月光下，眼睛停止转动
远方，群山诗意潮涌
以你为峰
三月的天空喜欢下雨
雨中，我固执地读着你的诗
即使我相信，你出发去了远方
将不再回来，但
你的名字，却在我
寂寞、孤独、悲伤的心中
闪耀

清明，托春风给你捎去一炷清香

又是蛙鸣鹧鸪声，树树新枝时
不知天的那一边是否也春风煦阳

或许是我的固执与愚顽
总忘不了，忘不了
记忆犹新的亲情慈爱

生和死，人之常情
为何我总在对着逝去的亲人说话
割不断的血肉相连吧

活着幸福，逝去安乐
红尘有梦，梦见天堂，梦见你
我的伤痛，我的哀思
心中拧成一股绳
一头系着我，另一头系着你
我的父母，我的兄弟

断肠人在天涯，天涯不应有断肠

清明的天，不要下雨

一杯浊酒，一炷清香，拜托清风捎给你

我的情，我的爱

我的问候

我的心

回家

天有多高，路就有多远，行囊就有多重
冬的寒冷，冻结了所有的思绪
只有一个念头，顽固地盘旋在脑海
回家，回家，回家
回家过年的召唤在天际中弥漫

心，驿动
日子愈来愈紧迫
心结越来越重
踏着冰雪冻僵的路，脚步匆匆
黑暗来临时要抵达前面的村庄
老屋的大门还没关上
灯光温馨，铺满门前的路
酿了一年的老酒随着灯光飘香
狗，在寒风中坚守着
眺望村子的路口

即使一无所有，今夜归去

父亲绷了一冬的脸
笑容悄然爬上
母亲浑浊的泪
荡尽了游子，一身浮尘
融化冰封的大地
温暖一生

秋思

一

活着，是一种责任；死亡，是偶然的结果；从开始到结局，无论走那一条路，演那一出戏，尽责是自在，担当是当然。死亡的信息依次发出，谁都无法绕开。行进在不同的路上，最终都汇集在一个节点，只是过程因人而异。

二

除了一声哂笑，还能听到落叶的呻吟，大地从来就不寂寞，万物都疯狂地吸吮大地的奶子，争先恐后地占领大地的子宫。乌鸦这物种与生俱来不被看好，尽管这样，它一直存在着；世间万象都不可思议的，无论你懂或不懂，都有它的生存法则。糊涂是件不容易的事，清醒着更痛苦。

三

我知道自己根本无法飞，但，始终做好随时飞的准备，连梦中都是这个姿势；要讨好这个季节的风，即使滥竽充数，也要学会摆出几个样子。幻想成为杨过，结果天空中只有几只麻雀掠过，连半片羽毛都不舍得落下，天空还是这样装腔作势。

四

我也在努力寻找爱情，又不知情为何物；来不及把玫瑰送出去，就已经在手中的凋谢；示爱的方式有多种，可是，没有一种在我手中盛开。

五

小鸟说，这个季节适合恋爱，雾霾不常见，沙尘暴也没有，虽然天空还是灰色比蓝色多；在间枯还绿间，找几颗熟透的果子，取悦心仪的人也特别容易。

六

借口，不需要找理由，有理由就不是借口；时光，每时每刻都在杀人，它从来就不需要为自已的行为找理由；人，却没有这种权利。逻辑推理得出的结论，有时会产生致命的错，尽管如此，逻辑还是被广泛应用。

七

把花生种在水泥板上，每天给它浇水，晨昏为它祈祷，快点发芽；神，真的不大给面子，没有赐给它生长的力量。没有发现生存的密码，怎么去讨好神也没有作用。

八

一滴水，总是被人忽略，海的汪洋源自一滴滴的水；微不足道的东西往往蕴藏着不可预知的能量，如萤火虫，无法照亮黑夜，却能在黑暗中树起一座坐标。

九

一场不期而遇的雨，把我这个异乡人湿透，行人顾不上大街上的积水，一闪而过，汽车更加急促。在这街头，没有人能给我一把伞，如果母亲还在，此刻，她一定会拿着雨衣赶来。

十

想到了父亲的犁和母亲的锄，眼睛模糊。泪光中，父亲负着犁，赶着那头老黄牛，母亲荷锄跟在背后，走向田间，秋色满天，稻香遍地。

第四部分　足迹踏遍

陶然亭之秋

一片秋声，一清音
一抹余晖，一寸心
一片叶子，一精灵
一湖碧水，一池金
一桩故事，一传奇
一粒尘埃，一过客
一声叹息，一轮回
寻梦京华归去晚
还期明月照我心

小鸟天堂

因天空，因夕阳
因榕树，因小鸟
因水色，因小船
因巴金，神奇的笔
小鸟的天堂
羽毛丰满世界

泰山之眼

十年后再登泰山，旅游设施更完善，在山上看到一扇圆形的门，如眼睛，穿越黑夜白天，很有隐意，愚姑且称之为“泰山之眼”。

风不动，雾在飞
从山脚下上升，光阴悄悄穿过
钟声响起，落日如此之美
一只鹰追逐着斜阳而去
千山染色

风不动，雾在飞
泰山之眼，不怒也不争
春也在，秋也在
万般自在

风不动，雾在飞
通往山顶之路，人头攒动

山之巅，我听到波涛澎湃

从天上来

诸葛亮广场

匆匆的一生
在智慧的指间滑过
心情景致，凝结成今夜的流光溢彩
智者无知，穷一生心血
纠结，难解
叱咤风云，也不过是烟云瞬间

匆匆的一生
呼风唤雨中摆渡
星光下，广场空旷
曾用一生的脚步，丈量地有多阔
终生恨，祁山难越
留给后人多少凭吊与猜测

智者的目光不在广场
千百年，留下一个不朽的盛名

后人无法解开的结
灯光摇曳，时光如常
梦，被现实砸得支离破碎
霸业难成，历史之书沉重
仰视着膜拜的图腾
天穹下，弱小的人
是否，顿悟，匆匆的一生
智或愚，荣华与富贵
也不过如此

坐标

——谒中坝镇孙中山纪念馆

有一种气魄
敢为天下先
推翻帝制，开启历史新纪年

有一种人格
仁慈博爱，人人平等
崇高品德育后人

有一种胸怀
天下为公，共进大同
光明磊落，坦坦荡荡

有一种责任
道义担当，剑胆琴心
挽狂澜，立地顶天

有一种理想
三民主义，振兴中华
共和旗帜飘神州

有一种追求
锲而不舍，上下求索
终生无悔觅真知

有一种精神
中山精神，百折不挠
无边风范竞风流

有一种眷恋
山河美丽，故土情深
誓将热血沃昆仑

有一种蓝图
建国方略，深思熟虑写奇篇
察古观绘未来

有一种路

中山路，大道善行

继往开来，承前启后

谒邓缵先故居（外一首）

一曲高歌出塞关，魂归何处
血染天山，肝胆两昆仑
胡杨沉默，岭南风暖
羌笛吹响山歌音
身后事，黄沙埋忠骨
毳卢三卷，史书昭昭
躬身富民，立志固土
名扬千古，边塞风语犹颂君
明经第，六代青衣名仕家
归去来兮，老屋巍巍说前世
诉今生，青山绿水傲东风

谒蓝湘眉[①]故居

抬头间，秋露凝霜
鸟惊飞，蝶舞花黄

① 蓝湘眉，紫金青溪人，清末民初紫金名士，邓缵先的老师。

水流东，恨无踪

时间活着，人已去

风光不再，诗韵犹香

一幅画的痛（组诗）

中国博物馆内收藏一幅旅美画家李自健的《南京大屠杀》油画。余观之，震撼异常，刺痛的不仅是余的眼睛……

一幅画，尸首堆积如山
血成河。它，一幅画。虽然
无法阻止野兽饮血的目光
但，再锋利的刀和再野蛮的火
却都无法毁灭。一幅画
存在的事实，与骇人听闻的历史
息息相关。它的痛
传遍我的全身
连每一根头发都在
痛着

卢沟桥

一声枪响，卢沟晓月已被战火取代
子弹穿过狮子的胸膛，整个民族都在流血
连昔日绿蓝绿蓝的江水都变成泛红泛红
水面不再平静，波涛汹涌

奔跑在大地的心脏中央
甚至风也不再温情脉脉地吹
就是这样，水在流着流着
风也在吹着吹着
这座桥的伤口被缝了无数针才慢慢地愈合
狮子，清醒地记着自己身上的痛
刻骨而
铭心

南京大屠杀纪念馆墙的名字

我不认识你，因为你在前世我在今生
我不认识你，但我知道你的名字
因为这墙。我不知道你生前活得幸福与否
但知道。你，是怎样死去
惨死在谁的手里
读着读着，每一个名字
我努力控制着自己的情绪
在这堵墙的面前，往日的惨烈走出
野兽面目狰狞，桃花盛开的地方成为屠场
疯狂的杀戮，失血的头颅怒睁双眼
屠刀折断。三十多万枉死的身躯
砌成这堵墙，名字凿凿
血泪滔滔。与虚构无关的事实
悲与痛，罪与恶
历史昭昭

天井，一个与天空对话的地方

——谒蓝塘诰赠大夫质厚邓公祠

脚步踏过，古巷幽幽
寻访远去的踪迹，一石一世界

翰墨书香，从天井飘出
庭院深深，瓦檐欲坠

斑驳的大门栉风沐雨
时光在这里穿越，花开花落

向天而歌，风轻云淡
一匹朝京前行的马，蹄声嗒嗒

从一句诗中走出
京华春梦，道尽人间悲喜

叹息过后，年月如常
叱咤风云也是云烟过眼

欲把时光精雕细琢
手中的刀不堪负重

世事变幻，虚虚实实
诗固执地活着，云台书声亮

一缕阳光登堂入室，追梦者
关上哪扇窗，打开哪扇门

曾经锄亮月光的锄头不见了

——夏日，在杜林芳[1]故居锄月山房前

月色薄薄，照亮着那座它熟悉的房子
瓦面无霜也无雨。风
从天井进来，月光也是。锄生锈柄已烂
已经翻不动地上的那片月色，任由野草长满石街
房子已开崩塌，瓦砾堆满庭前
主人不在，屋也易主。读书声化为蝉音
在果树上传出最凄美的读诗声。那树梅花千姿百态
苦寒过后，暗香尽散，花落人间，踪难觅，香难闻
我想，借一把锄头，将石街锄一遍
种诗，或种梅。野草却比石头硬
曾经锄亮月光的锄头不见了
诗依稀，墨迹也依稀。谁

① 杜林芳，紫金县蓝塘人。九岁中秀才至岁贡，后屡试不第。1911 年，任县劝学所所长。一生大部分时间致力教育事业，门生遍县。1921 年至 1923 年，任紫金县县长。1925 年，杜林芳与邓纪瑞、甘仿渔在家乡蓝塘创办“紫金县第二高等小学”，并任校长。他吟诗撰联，尤工画梅花，成为一代文人墨客。杜林芳把他的住房题名为锄月山房。

还在夏日的阳光中
期待闻到冬天
梅花香

崂山之山与海（外一首）

山与海共长，传说与现实牵手
远古与当代一脉相承

白云飘过红色的屋顶
海风温柔地吹，石头露出它的坚硬
一枝不知名的小花却毫不示弱
在石头上怒放．阳光下
一炷清香，诱惑着人们无限的意念
钟鼓无声，偶尔
也有道士匆匆从走过走廊
要穿过那堵墙，是蒲公的事
与他无关

天津，城市之眼

城市之眼，目送昨天
看着今天，迎接明天
照亮未来

城市之眼，你看到什么了
什么都看到，什么都没看到
日月星辰，或人间冷暖

七月十五，天子嶂观日出（外四首）

一轮红日，推开薄雾上升
地平线上，万物朝阳，事事新
露珠新，叶子新，时间新
太阳新。唯有我不是

双手合十，向着升起的太阳祈祷
尽管我不是昨日的我，眼睛开始昏花
童年消失，青春无踪，青山依旧
飞鸟翩翩，我心如止水

顶礼膜拜，万物皆精灵
向所有的生命致敬。一棵松树
傲立悬崖而经年长青，生命坚强无险可阻
微不足道的我，依然
轻如尘，亦如风

心朝阳，水流西
霞光一片，露晶莹。秋云暮雨

各领风骚。泉水流金，远山如黛
近水含烟，百鸟鸣
阳光的味道遍地，禅意满天

天子嶂观日落

山之西，与东相向
太阳的路径从不改变，由东至西
落日熔金，托出一片火烧云
夕阳之美，带不走我的忧伤
还有灰色的大地

山之巅，暮鼓催人老
玄妙的佛教音乐，意深深
尽染远山近水，呼唤鸟归巢
向晚而歌，樵夫遗落在山谷的山歌
总是在夕阳归去之时唱响

山，暮色尽吞。古刹
明灭的灯光把暗夜点亮
万绿丛中光芒泛起
木鱼轻敲，清音荡漾
面壁而思，心语无尘
一轮明月自东升起

天子嶂之山路

天底下。竟有如此美妙的旋律
一条通往山顶的路，弯曲有序
如跳跃的音符，在晨曦中
薄雾缠绕，峭壁肃立
岩层中，兰花轻展幽香吐
此处飘扬，远处芬芳

漫步山底，轻盈而上，心虔诚
路边，小草低垂梦未犹酣。车驶过
路也不悦，山也愠色
行走在美妙的旋律中，登山的人啊
在你叩响山门的那一刻，能否
把你的豪车停下，用你高贵的脚
感受此路的神奇，此路美妙
让躁动的心稍作安静，接受无声的洗礼
享受，这极致之美

天子嶂听音乐

思索还在继续，地球停止转动
事物还在纠结中生长。灯光下微弱
几只虫子在跳舞。风中我静默着
聆听，禅意悠悠乐章

天籁之音穿过，山路弯弯
路。这样漫长，尽头在这边
还是哪边。日出之初，万物竟生
日落之时，万物静美

红尘而居，以梦为马
梦因心生，亦因梦圆，渴望穿越
喜也由心而来，悲也随性而起
香烟弥漫，或张或弛。围城难破
无法跨越世俗的樊篱，行走远方
人在他乡，心留处

云端之天子嶂

谁，能借我一双火眼金睛
或求神赐予智慧的头颅
我，思维已僵化，词汇枯竭，心驿动
上千次的仰视，也读不懂它的深度是什么
贫瘠的天空下，云端处它让人牵挂

一片叶子飘动，千山树树舞翩翩
飞翔着，高蹈着，半山苍翠半山风
海气山岚满眼收。原来
流淌的泉水并非索然无味

女娲补天遗顽石，石身人面守东边

风雨中，迎紫气，祥光透过一线天
谁的素手将古刹的钟声敲响
观音从南海迁徙，安居于此
至今未出山门半步，青苔
覆盖石上深浅不一的脚印
亿年时光悟经书，似梦亦似幻

耸立的石头，拒绝与天空拥抱
云不倦地示好，温柔有毒
石头以坚硬拒绝致命的诱惑
太阳也无法把它融化。留下来
不需要理由

我想化身为蝶，飞翔林间
也想变身松鼠，跳跃枝头
或为兰花，栖居断崖披风饮露
更愿为一片叶子，腐化为泥

聆听枫叶的故事，流连小路歧途
转身处烟也轻轻，雾也蒙蒙
千里之外，暮鼓如雷
祈求神，给我开一只天眼
明了此山事
忘了红尘事

清明节的荆州城墙

抚摸你的斑驳，触到了历史的苍凉
沧海桑田已填满你的胸膛
多少的风雨，多少的沧桑
所有的故事，化作夕阳满天

风起，旗动
在为谁招魂，或召唤什么
城墙下，摇曳的蜡烛
随风飘舞的纸钱
谁，在哭泣
亡灵或未亡人

走得过城墙，却走不出时光的魔掌
是否，苦苦追求
索取的荣华富贵
最终是过眼的云烟
唐宗宋祖的风光
成吉思汗的叱咤
如今谁见过
只有你，荆州的古城墙

四角楼

是风，或是雨
时光是这样静静地流过
多少的荣耀，多少的风流
在今天依然
浰江的水冲走了岁月的淤泥
冲不动四角楼的巍峨

山青青，水悠悠
山歌与粤剧的交融
故事在延续，客家的魂
绵绵不断，泥土芬芳
历史不再遥远

稻田长满翠绿
天穹下，禾花傲然绽放
一座座老屋相互守望
昨天，今天，明天
残垣断壁写满沧桑
栉风沐雨，石街沉默
风依旧，情如昨

天上红叶舞翩翩

一定是，一定是。趁七仙女跳舞时
红袖偷偷溜走，来到这里
一山叶子红。直上云霄的天梯
拾级而上，希望伸手能与蓝天相握
然而，这里的树要与它保持距离
说，在天庭多没意思啊

王母娘娘派出的天兵天将
最终一个都没回去，化作一座座山脉
变为一片片叶子，春绿秋红
惊心动魄

呵，香山红叶
把春引来，把秋招来
来也来，去也去。天蓝，云白，
叶子舞翩翩
在天上，在人间
在心中

静看夕阳，静听秋风
万物如常，浮尘尽散
年华洗尽，心也轻
身也轻
一片红叶飘

天上明珠

镜子吗？那可不是哟
流动是镜子吗

是明珠吗？那可不是哟
流动是明珠吗

呵！亿万年修炼的精灵
唱着欢快的山歌，从四面八方走来
桃花水母舞姿婀娜
我想在这里泛舟
又怕打碎镜子

空气涌动着清鲜的味道。呵
放下心结，面朝湖。湖万绿
万绿湖，大地慧眼
天上明珠

忘不了的海

浅浅的海，深深的愁
梦中，抚摸到你的胸膛
宽阔无边。如我
触摸到山的苍凉

注定，今生
我成不了水手
生命走不出连绵的大山
心，向往着海的浩瀚

海在这边，岸在那边
海岸相依，山海相望
此岸情深，彼岸血浓

我在这里眺望，你在那头思念
风越过海面，带去我的祝福
捎回你的心语

忘不了的海，舍不得的山
守着这景致，我用生命
捍卫着这宁静
这片海

在国子监进士碑林

驻足国子监，自元明清的进士碑林
努力寻找我家乡三个先人的名字
奈何，岁月的热情
把坚硬的石头抚摸得如此光亮
如此斑驳，随风落下，鳞片满地
尽管字迹已模糊，我
还是对着碑林深深地鞠躬
虽然这些前辈有些迂腐
从今天的角度来衡量
但，因为他们
五千年优秀文化得以传承
根还在，枝繁叶茂
斜阳远去，秋正深入
落叶在空中高蹈，新芽待发
国子监，辟雍。我
听到朗朗
书声

在淞沪抗日和平籍烈士纪念碑[①]前

在正午的阳光下，我放慢了自己的脚步
努力不让发出声音，怕惊醒正在酣睡的
英雄。虔诚的目光
读着镌刻在碑上的名字，泪光闪耀
一个个英姿活灵活现，贲张血性
伟岸的身躯，疾如闪电，穿梭于枪林弹雨
大刀砍向鬼子头，日寇丧胆
风中，我依然听到他们震天动地的喊杀声
血溅苍穹。一寸山河一寸血
四十八个身躯倒下
无数的四十八个身躯挺起。同仇敌忾
前赴后继
杀豺狼

① 淞沪抗日和平籍烈士纪念碑，始建于1933年5月，位于广东省和平县阳明镇南面塔下岗上。是为了纪念1932年参加淞沪抗日而英勇牺牲的和平县籍四十八名官兵而建造，是全国三座淞沪抗日烈士纪念碑之一，与广州的“十九路军淞沪抗日阵亡将士陵园”同为广东纪念淞沪抗日的珍贵历史文物。2009年8月20日，被命名为首批广东省国防教育基地。

在正午的阳光下，向着纪念碑鞠四十八个躬
民族魂在，浩气贯长虹。脊梁坚挺
碑如剑刺向天空，在诉说
在警醒，在敲响
和平的钟声

第五部分　警魂长存

“6·26”想到

——献给缉毒警察兼祭杜宇华

此时此刻，风静默
向远方致敬，或是哀悼
天空布满金色的阳光

此时此刻，浪汹涌
奔向天际，大海发出怒吼
为我的兄弟壮行，或为远去的你嚎哭

此时此刻，虎门炮台雄姿依旧
目光穿越时空，硝烟池注定是毒枭的坟墓
西方列强的罪恶，罄竹难书

此时此刻，烟云飘过
为着誓言，为着母亲的微笑
有一群无畏的人，倒下站起，前赴后继……

此时此刻，历史永恒

直书勇士光辉

英姿长驻，颂歌响彻云霄

不死的灵魂在红旗上高扬

又是一年春节至

——致交通警察

当群山把夕阳吞没时，黑暗疾卷
谁，在此刻点亮一盏灯
为在弯弯曲曲的公路上飞驰车辆
导航。是你
头顶警徽的交通民警

灰尘，将你洁白的帽子染色
废气，塞满你的鼻子，呼吸如此困难
哨子在你干燥的嘴巴上发出清脆的声音
响彻公路。一身疲倦，你的手势竟如此优雅
指引着一辆辆汽车
安全驶过危险的“三角带”

夜鸟叫声悚然，夜色不断侵入
除夕的爆竹响起。警灯闪过，你还在路上
屋里，灯光穿透窗纱。母亲
守着一桌子的饭菜，等着你
回来

等着我

——仅以此诗祭奠薛永清夫妇

一

等着我，亲爱的
怕您在那边孤独。嘘
不要有悲伤和眼泪

至少在这个夏天
我随风在空中舞向您
亲爱的

二

这刻，注定上天也无法自我
悲壮千古与谁同
亲爱的薛兄，亲爱的嫂子
尽管彼此未谋面

这些都不重要，重要的是，今夜
您的痛在我身上重叠

哟，难道真的是，情之深
生死也相连么

三

哟，瞬间
注定，惊天地，泣鬼神
瞬间，我的泪向天冲
如有来世，当称雄

四

今夜，我在手心为您点亮一支蜡烛
照亮去天堂的路
在遥远的岭南，星空下为你守灵
希冀您的血浸润那些枯死的心
唤醒沉睡的良知
希冀您的血祭起正义的大旗
迎风高扬在共和国的
天空

守护生命线

——致“8·16”抗洪抢险中的交警

闪电掠过，乌云挟着风暴而来
温柔的雨，不再潇潇洒洒
疯狂地撕开两百年前的封印
魔鬼张牙舞爪，倾巢而出
山崩，地裂，洪水肆虐
宁静的山村成泽国

龙窝告急、苏区告急、水墩告急……
铃声急促，命令从电话中发出
紧急集合，立即出发
刚进家门的你，来不及喝下一口水
转身消失在暴雨密布的夜色中

公路塌方，道路水淹，前方危机四伏
救援一刻不能停顿
无数的目光在黑暗中焦虑地等待着
警灯闪烁，警徽熠熠

你，在路口设置了警示标志
在雨中挥手示意，前面危险，请掉头
一遍一遍地重复着，声音沙哑地劝说着
“请勿进入，前面危险”
“请勿进入，请让抢险车辆通行”
面对不理解与责骂，你忍受着

守着这个路口就守护着生命
你，坚守着，从黑夜到白天
太阳暴晒过，雨水淋湿过，汗水浸透过
你，坚守着，让抢险车辆顺利通过
赢得了救援时间，一个个生命挣脱死神的拥抱
你，坚守着，饱含热泪，目光坚毅
疲倦的身躯，没有说出半个累字
你，坚守着，洪水消遁，在没硝烟的战场上
血肉与灵魂在这里得到洗礼
你，坚守着，风雨过后，又晴天
警徽绽放着生命的光辉

送别

——致刘永超

12 月 5 日下午，台山市公安局南山派出所教导员刘永超在抓捕毒贩时，遭遇手持凶器的毒贩突然袭击，无畏无惧，浴血奋战，受伤后经抢救无效光荣牺牲。余闻之泪流满面。12 月 11 日，台山万人送别英雄，送行队伍长达两公里。仅以此诗祭奠英雄！

冬天的风，此时凄厉地吹过
苍天因为自己的过错
披着黑纱低垂脸哭泣着
大地呻吟。一颗星星坠落
重重地撞击着人们脆弱的心
母亲却挂满笑容
轻轻说一声：
“一路走好，母亲为你骄傲
安息吧，儿子”
这样的告别，这样的告别
撕心地痛，裂肺地苦

今夜，在手心点亮一支蜡烛
为你，照亮天堂的路
温暖这个冬天　永远
永远的英雄
你用血肉之躯铸就共和国的丰碑
你的名字，让毒枭胆怯，罪恶退缩
你的血性，光驻斗牛
守护着天穹下苍生
平安幸福

致“猎狐”战斗中的战友

一

为了河清水晏日，有一群头顶国徽的人
面向国旗，许下庄严诺言
向人民承诺，向共和国报告
“猎狐行动”，不获全胜
誓不还

二

集结号吹响。挥手间，网撒开
利剑出鞘，如电光火石
击破黑暗的封锁。天穹下
正义的光芒喷放。脚步铿锵
无畏路艰险，无惧迷雾重重
从蛛丝马迹中发现线索，从举足中抓住尾巴
拾起一片叶子，狐狸的洞穴覆灭

嗅觉灵敏，从一只猫的身影闻到狐狸的味道
目光如炬，从熙熙攘攘的人流中
逮住一个背影。再狡猾的狐狸
也被手到擒来

三

铁肩担道义，剑胆琴心写忠诚
信念如磐。追穷寇，天涯与海角
死亡，在你字典里找不到这个词汇
威胁，从没中断。利诱，一直在你面前跳舞
刀，曾刺伤你的手，子弹也击中过你身躯
血在流，胆不怯，手不松
狐狸，始终无法躲过你的视线
即使披上了兔子衣服或装上狼的牙齿

四

箭在弦上，脚步不停。狐狸能跑多快
猎人，脚步就能追多远。狐狸藏得有多深
猎人，手就能伸得有多长
直教狐狸上天遁地
也枉然

五

诺言庄重，掷地有声
使命必达，狐狸落网，捷报频传
喜悦的泪水洗净征尘，疲惫的脸笑容绽放
因为有你，共和国的天空
更蔚蓝

后 记

邓醒群

接到逯春生学长的电话已是深夜了。他说，全国公安文联准备出版“琴剑诗系·全国公安实力派诗人丛书”，要我把手中的诗整理好发过去，并说随后会将有关要求发到邮箱。

放下电话，既惊喜又犹豫。喜的是全国公安文联又为系统内的作家办了件大好事、大实事；犹豫的是自己的作品真的行吗？手中虽然有些诗稿，但我总觉得写的不好。此时，我总想起商震导师在鲁院评论我的诗歌时说的话“醒群的诗写得不够自信”。

当我打开逯春生学长的邮件，发现交稿的时间只有二十多天，这对于我来说，压力是非常大的，不知能否按时交卷，真怕辜负了全国公安文联对自己的期望。第二天，我试着与谭五昌等老师联系，将这一情况告诉了他们。没想到，谭五昌老师要我珍惜这次难得的机会，并要我把诗稿发给他，好帮我把把“脉”。随后，我把作品发了过去……谭五昌老师为我的诗集写了序。我知道他工作非常忙，能为我这个“无名小辈”批改作业，并屈尊作序，让我内心感动不已。

谭五昌等老师是我在鲁迅文学院学习时认识的。2014 年 9 月，全国公安文联组织了四十八名公安作家参加第二十三届全国中青年作家高级研讨班（公安作家班）为期两个月的培训学习。能到鲁迅文学院学习是我人生最幸福的事，学习期间，学院因材施教，为不同写作组别的学员选派了专业导师，有针对性地开展面对面辅导，同时又专门组织了老师对学员的作品进行改稿，以实战的方式，提高学员的写作水平。由于学写诗，我被编入了诗歌组，《诗刊》常务副主编商震是诗歌组学员的导师，《诗刊》编辑蓝野老师是我们的作品改稿老师；后来又认识了北师大的谭五昌老师，并多次听他讲诗歌。

诗人张荣辉说："以诗会友，既是一种交流，更是一种学习。"享受着"鲁院的奢侈时光"（鲁院常务副院长李一鸣语）不说，关键是在这里我的知识得到了全面地更新，能见到以前只能在报纸、网上看到名字的名家，如今能面对面地聆听教诲，机会难得，教我如何不激动，如何不珍惜！

相约鲁院，圆梦鲁院。同学们都满怀激情，非常珍惜来之不易的学习机会，求知若渴。在短短两个月的学习期间，不但聆听到各路名家学者的课，还能得到名师的耳提面授，又能向同学请教，彼此坦诚交流，共同提高，其乐融融。课余，我与同学结伴，经常溜到八里庄的老鲁院的二四班或现代文学馆、清华、北大、北师大等"蹭"课或听讲座，这样的环境，对我这个来自大山深处，从没有系统接受过文学教育的业余写作者来说，如开天目。真的是，一次学习，终生受益。

"公安文化，就是人民警察的职业基因。"祝春林主席反复强调。是的，无论是一个群体，还是民族，如果没有优秀文化的滋养，就没有强大的精神支撑，不可能发展壮大，如无根之树、无源之水。因此，公安部立足战略的高度，坚持走文化育警、文化强警之路，争取了鲁迅文学院为公安作家举办三期的培训班，而且把二三期纳入鲁院的序列班。公安作家崭露头角，公安文化趋于成熟，影响力不断扩大，已成为中华民族优秀文化重要组成部分。能有这个学习机会，真得感谢全国公安文联，感谢祝春林主席、张策秘书长，是他们的关心支持、努力争取才使我们有这个学习的机会。

在鲁院我听到了最激荡人心、震撼心灵的两堂课。一堂课是由北京大学核物理专家郑春开教授讲的《中国核武器研制的艰辛历程与辉煌成就》，郑教授以亲历者的身份讲述了中国研制核武器的艰辛历程和辉煌的成就。“苟利国家生死以，岂因祸福避趋之。”邓稼先等先辈在艰难困苦的条件下，舍身许国，无私奉献的精神感人肺腑，让人从中体会到什么叫责任、什么叫担当、什么是脊梁！这些先辈用血肉之躯，不畏艰难困苦的坚忍不拔的精神，托起了共和国的太阳。

另一堂课是祝春林主席为我们讲授《公安文学创作的环境与意义》时，他说道：

“各位学员来鲁院，是梦想成真，怎能不如饥似渴地学习吸纳?”

“对我们领导而言是如愿以偿，自然牵肠挂肚。”

他寄语，公安作家要剑胆琴心，敢于担当，还要求公安作家要庄严承诺，“我的生命属于文学，我的文学属于人民、属于人民公安”。祝春林主席讲到动情，热泪盈眶，情之深，意之切，无不体现他对公安事业的赤诚之心，对发展壮大公安文化的殷切之情与执着的追求。祝春林主席的话火热坦诚、亲切凝重，让人感动、让人温暖、让人备受鼓舞！

“我们目前不是没有一流的故事，而是没有一流的表达。”在结业典礼上，祝春林主席说到公安民警是和平时期牺牲最多的群体。他没有讲稿，流着泪念出了近年来牺牲民警的人数和一长串英烈的名字。

他说，每个牺牲的民警都是何等壮烈，背后都有一个感人肺腑的故事，尽管，他们为社会和谐稳定作出了巨大牺牲，有时候还不被理解，甚至被“抹黑”，情为何堪？出席典礼的中国作家协会主席铁凝、党组书记李冰等在场者无不为之动容。祝春林主席的话醍醐灌顶，为公安作家点亮一盏灯。

张策秘书长在为我们授课中更是用自身经历来激励我们必须坚守公安文学高地。一直以来张策秘书长在公安文学这条路上无论遇到什么挫折，都不离不弃，从来没有放下手中的笔，为公安文学鼓与呼，有力地推动公安文学的发展。

而我常觉得惭愧。自从鲁院回来后，自己又忙于事务，写得很少，更不要说创作出好作品了。每当想起祝春林主席的话，那在耳边回荡着的铿锵警语，我都会为自己的“流俗”感到内疚非常。

要写好作品，必须坚持阅读。阅读不但丰富知识，而且会改变人生。记得麦家老师在参加习总书记召开的文艺座谈会后，当天下午来给我们上课时说，在座谈会上，总书记脱稿谈了他读过大量的世界名著及其细节。他说，总书记渊博的文学知识，让他这个专业作家感到自愧不如。商震老师说我存在阅读不足的问题。现在，阅读成为我工作之余头等大事，只要有空余，就不断地阅读经典，虽不求甚解，也有所斩获。“积健为雄”。谢冕先生在讲话中多次强调，写作不要急于去写，不要写得这么快，放慢速度。确实，写作尤其是写诗要有一个沉淀的过程，不断地积累过滤，提炼升华。许多事情只有经过一段时间的沉浸，才能还原其本质。著名诗人、诗评家温远辉先生说，“有人用眼睛来写诗，有人用心来写诗，我更认可用心来写诗的人。读醒群的诗，显然，他是用心来写诗的人”。对于我这个悟性不高，凡事慢半拍的人来说，学会用心来写诗应该就是我最好的选择了。

“我在冷热之间不断地生病/不断地把空想当作良药。”品味着商震导师的诗，我在想：自己注定成不了诗人，却幻想着成为诗人，如何让诗歌在自己的笔下吐露最厚重的声音呢？或许，我就得按照商震老师的“方子”抓一剂“不断地把空想当作良药”的“良药”给自己喝下去，这样起码有足够的勇气和毅力，把诗歌从容地写下去。

总之，是诗歌爱好者也好，幻想着成为诗人也罢，今生，能结缘诗歌也就无憾了！麦家老师说，有钱身体可以得到善待，但精神不一定能得到善待。在这个风尘满地、现实坚硬的世界中，尤其是警察这个职业，天天面对着形形色色的人和事，直面着阴暗，直面着罪恶，也直面着死亡，在刀尖上跳舞，危险无处不在。在这种情况下，每个人都必须有精神的皈依。我想诗歌就是最好的疗养院，诗歌是一道风景，是一种花絮，温润而丰盈，能给人光明，能给人安静，能给人力量，能给人幸福。因此，在工作之余，我努力去读书，学着写诗，希冀用诗歌来告诉人们一个警察的精神世界。当看到一首首诗被发表，被别人拿来朗诵时，参赛获奖时，心中也有几分喜悦，说明所写的诗抒发的不仅仅是自己的感情世界，而是引发了人们的共鸣。而我，习惯了把自己的稿费或奖金，拿出去做公益，去给需要帮助的人们送去哪怕是一点点的微光。因为写诗，也招来一种异样的目光，有人在介绍我时，会在后面附上一句，可还是个诗人哟……一些人也会反问，警察也会写诗吗？当然，还有人会说，诗人都是不正常的！有的人甚至在网上公开指责我，说警察写诗是附庸风雅、不务正业、无所事事……面对这些冷言冷语，我只有更加坚定自己的选择，更加坚强自己的内心！张策秘书长说，不管是在任何条件下，我们都必须学会用文学说话。在肃宁薛永清等战友壮烈牺牲后，有人在网络媒体上给英雄抹黑，我们的战友正是用文字集体发声，最终捍卫了正义，告慰了英灵。

诗歌的纯粹，给了我简单的生活；诗性的光辉，照亮了我的人生。由于生于农村，长于农村，工作的性质又是朝夕面对农村，对乡村、对土地总是有着特殊的情结。在这种环境下，在诗歌中总是自觉或不自觉地流露出对乡村的眷恋之情，自然就跳不出这个圈子，难以写出好的诗歌来。但也正因为是这份情结，乡村又给了我写诗的动力。我会坚持着做好本职工作，认认真真地做好“课外作业”，不改初心，不负此生。

衷心感谢把我引上爱诗之路的父亲；衷心感谢一直关心指导着我读诗、写诗的叶延滨、丘树宏、温远辉、张策、商震、蓝野、陈希、谭五昌、方玉杰等老师；衷心感谢坚持给我多本诗集写评论的白帆、谢骥、张友文等文友兄弟；衷心感谢每次出书都不辞辛苦帮我校对的林燕翔和我的家人等。更要衷心感谢我准备出版第一本诗集时，为我解决实际困难并为诗集作序的龚佐林大姐！

“知不可执，如将有闻。识者已领，期之愈分。”有诗的世界真美好！有知音的诗海真暖心！此刻，凌晨已至，晨曦在大山之东悄然露出。

黎明时分，此时我仍希望能接到如逯春生学长日出般温暖的电话……